Le magicien du Nil

Pamela Kent

HARLEQUIN

Cet ouvrage a été publié en langue anglaise sous le titre :

NILE DUSK

53, avenue Victor-Hugo, Paris XVIe – Tél. 500.65.00
ISBN 2-280-01260-X
ISSN 0223-3797

1

Un clair de lune argenté baignait les pyramides, créant dans le désert des ombres fantomatiques. Jennifer cligna des yeux : elle devait être victime de son imagination... Le Sphinx souriait! Un sourire amusé étirait le soin de ses lèvres sensuelles sculptées dans la pierre. Le géant immobile, que des millions d'êtres humains venaient contempler depuis des millénaires, prit soudain la parole.

Sa voix était douce, mélodieuse, un brin provocante...

– Jolie Jennifer... Tu as donc traversé l'Europe et la Méditerranée pour venir me voir... Tout comme ta grand-tante Harriett. Mais attention, elle n'est jamais repartie. Tiens, chaque soir, elle se tenait là, exactement à ta place. Chère vieille dame... A ton âge, elle te ressemblait : ce teint de porcelaine, ces grands yeux bleus, ces cheveux... Comment appelle-t-on cette couleur? Blond vénitien...

Jennifer se rebella intérieurement contre cette description d'elle-même, un peu fade à son goût. Le sourire du Sphinx s'élargit, comme s'il devinait ses pensées.

– J'aime leurs reflets, reprit-il. On dirait qu'ils sont saupoudrés d'or. Toutefois, de mon temps, les hommes préféraient les femmes brunes, plus piquantes. Que veux-tu, chère Jennifer, un sang anglais coule dans tes veines, tu n'y peux rien! Les Anglaises sont maigres et osseuses!

Les paupières bombées du Sphinx laissèrent filtrer un éclair narquois.

– Des os. Pfft! Tu es trop maigrichonne, il te manque des formes sensuelles, voluptueuses...

– La mode n'est plus aux odalisques, Monsieur le Sphinx, répliqua Jennifer avec une moue boudeuse.

– Les femmes de l'Égypte ancienne étaient minces et souples comme des gazelles... Leur peau avait la douceur satinée des pêches et des amandes. Dans leurs prunelles, noires comme l'obsidienne, scintillaient des milliers d'étoiles. Leurs lèvres...

Jennifer entendit derrière elle Kalim pousser un profond soupir. Il l'attendait, les bras croisés, appuyé contre l'aile avant de l'antique Daimler. Le vieil homme était habitué aux excentricités des femmes anglaises! Pendant vingt ans, il avait servi de chauffeur à la grand-tante de Jennifer. Il regardait à présent sa petite nièce qui, dans la pénombre paraissait converser avec le monstre en pierre!

Il commençait à faire frais. Kalim se râcla la gorge, discrètement. Combien de nuits avait-il passé là, à attendre patiemment la vieille demoiselle? Et son héritière semblait encline à suivre ses traces. Il lui avait déjà raconté l'histoire des pyramides de Gizeh :

Khéops, la plus haute, l'une des Sept Merveilles du monde, Kephren, veillée par le Sphinx, et la plus petite, Mykérinos. Devant la jeune fille attentive, il avait évoqué avec nostalgie les années passées avec Miss Styles, à parcourir le pays en tous sens, pour découvrir ou visiter les sites archéologiques connus ou méconnus.

Un petit vent frais se leva, faisant frissonner le vieil homme. Il toussota à nouveau, espérant que la jeune demoiselle sortirait enfin de son immobilité. Ses rhumatismes commençaient à le faire souffrir. Comme il aurait aimé retrouver le confort douillet de sa chambre!

Jennifer soupira. Le clair de lune donnait au Sphinx un relief extraordinairement vivant. Il lui fallait pourtant se séparer de ce monstre de pierre qui la fascinait. Les étoiles brillaient au firmament... Elle reviendrait un autre jour, ou plutôt une autre nuit. Le Sphinx avait encore beaucoup de choses à lui dire...

– Allons, les petites filles doivent aller au lit à cette heure-ci, reprit la voix douce et caressante. Pense aussi à ce pauvre Kalim qui meurt de froid!

Soudain, Jennifer se raidit. Elle avait cru voir une ombre se glisser le long de la statue. Le ronronnement des voitures, sur la route nationale, lui parvenait, très assourdi, mais elle était sûre d'avoir entendu un crissement sur les cailloux. Elle tourna la tête, inquiète, et vit à l'instant même une silhouette élancée émerger de l'obscurité. Une souplesse de félin... D'où venait-t-il? Il n'était pas arrivé en voiture, elle aurait entendu le bruit du moteur. L'inconnu s'immobilisa et l'observa, la tête légèrement penchée, les yeux plissés. Un sourire moqueur, un peu dédaigneux, se peignit sur ses lèvres. Jennifer reçut un véritable choc; l'homme avait le sourire du Sphinx... Sa silhouette restait en partie dissimulée dans la pénombre. Elle crut qu'il portait un haut-de-forme, mais c'était peut-être une illusion, due au jeu d'ombre et de lumière. En tout cas l'effet était extraordinaire. On aurait dit un magicien.

Jennifer prit conscience de tout cela en quelques secondes : le smoking blanc, l'épingle de cravate que vint éclairer un rayon de lune. Elle prit une profonde inspiration; après tout, elle n'avait aucune raison de s'affoler, Kalim était tout près. Elle faillit demander à l'étranger ce qu'il venait faire ici à une heure pareille, mais l'absurdité de la question lui apparut aussitôt. N'importe qui avait le droit de venir contempler les pyramides en pleine nuit!

Elle entendit Kalim tousser, puis le ronflement d'un moteur à quelques dizaines de mètres. Le chauffeur fit un pas dans sa direction.

– Il se fait tard, *Sitt,* murmura-t-il. Nous devrions rentrer. Vous reviendrez demain...

La jeune fille ne réagit pas. Elle regardait toujours la haute silhouette de l'inconnu, dont les yeux vifs brillaient d'un feu étrange. Jennifer se sentait irrésistiblement attirée vers lui. Il sourit à nouveau et elle vit luire une rangée de dents blanches et nacrées.

– *Sitt!*

Elle sursauta.

– Oh Kalim, vous êtes là!

– Bien sûr, *Sitt.*

– J'arrive, Kalim. Attendez-moi une minute.

Elle tendit la main en avant, mais ne rencontra que le vide. L'inconnu s'était évanoui dans le désert! Jennifer se frotta les yeux, pour s'assurer qu'elle était bien éveillée.

– Kalim, je dois rêver! Rassurez-moi : vous avez bien vu quelqu'un partir, à l'instant?

– Non, *Sitt,* je n'ai vu personne.

– Mais enfin, il y avait quelqu'un en smoking blanc, je ne suis pas folle! Il était grand... comme ça! ajouta-t-elle en levant la main au-dessus de sa tête.

Le vent du désert, frais et piquant, les fit frissonner. Kalim secoua la tête d'un air malheureux.

– Il fait froid, *Sitt,* et je ne suis plus tout jeune. Partons maintenant.

Mais certaine de ne pas avoir été l'objet d'une hallucination, Jennifer ne l'écoutait pas. Elle avait bel et bien vu quelqu'un. Et les êtres vivants ne disparaissent pas ainsi, comme le chat d'Alice au Pays des Merveilles!

Obstinée, elle scruta encore une fois la nuit, mais ne vit que le Sphinx, les yeux grands ouverts, qui semblait dormir éveillé, et les pointes des trois pyramides. A regret, elle suivit Kalim jusqu'à la Daimler. Celui-ci lui ouvrit la portière et elle s'installa sur le siège confortable, capitonné de tissu grenat.

– Vous avez bien dû apercevoir quelque chose, gémit-elle d'une voix mal assurée, presque enfantine. Ou alors, cet endroit était hanté!

Kalim eut une moue pleine de sous-entendus. Ses yeux noirs, brillants comme le jais, se plissèrent d'un air mystérieux.

– Les sépultures des Pharaons sont toujours hantés, *Sitt.* On voit parfois des choses bizarres. Un soir, je...

Il s'interrompit et se mordit la lèvre.

– Oh Kalim, dites-moi ce que vous avez vu!

La main sur la poignée de la portière, le vieil homme jeta autour de lui un regard circonspect. La silhouette massive du Sphinx se découpait sur le ciel violacé, constellé d'étoiles. Il régnait un silence absolu, palpable, oppressant.

Kalim secoua la tête.

– Rien, *Sitt.* Je n'ai rien vu.

– Je ne vous crois pas.

– C'est la vérité, *Sitt.* De toute façon, je n'ai pas envie de parler.

L'expression du vieil homme la fit sourire. Plus un mot ne sortirait de sa bouche!

Bien au chaud dans la voiture, Jennifer réfléchit. Non, elle n'avait pas vu un fantôme, mais un être bien réel, en chair et en os. Elle se souvenait avec netteté du smoking blanc et de l'épingle de cravate ornée d'un rubis...

La Daimler roulait lentement en direction du Caire. Jennifer remonta sa vitre et décida de chasser cet étrange épisode de son esprit. Son imagination lui jouait toujours des tours et l'atmosphère insolite du lieu l'avait affectée bien plus qu'elle ne le soupçonnait. L'homme s'était littéralement évaporé dans la nuit!

La jeune fille s'adressa un petit clin d'œil dans le rétroviseur, se cala confortablement contre le dossier moelleux et ferma les yeux. La journée avait été harrassante. Bientôt l'aube allait se lever... Cette pensée l'excitait tout comme l'idée d'explorer la grande villa, de la cave au grenier.

Il s'était passé tant de choses en quelques jours. La petite Anglaise ne parvenait pas à croire à sa chance. La veille, elle était arrivée de Londres par avion pour visiter la propriété dont elle venait d'hériter. Quelques semaines auparavant, elle ne connaissait même pas l'existence de cette maison. Tout au plus avait-elle entendu parler d'une vieille tante partie à l'âge de vingt ans en Égypte. Dans la famille, elle passait pour un personnage original et excentrique, dont on parlait rarement.

A soixante-huit ans, au moment de signer son testament, Harriett Styles s'était souvenue de cette petite nièce inconnue et lui avait réservé la plus belle surprise de sa vie.

– Vous vous rendez compte! Une villa au bord du Nil! s'était extasié le notaire qui lui avait annoncé la nouvelle. A votre place, je vouerais à la mémoire de ma grand-tante une reconnaissance éternelle!

En attendant, Jennifer se sentait surtout très fatiguée. La journée s'était écoulée dans un rêve dont elle allait bientôt se réveiller. Mais pour l'instant elle préférait laisser durer l'illusion et rentrer se coucher dans l'immense lit à colonnes de sa tante, sous une couette de plumes à la fois chaude et légère. Comme toutes les vieilles Anglaises, Harriett Styles avait un sens aigu du confort!

A l'époque où l'Égypte était encore un protectorat anglais, les colons britanniques avaient fait bâtir de somptueuses villas, entourées de jardins, de parcours de golf et de terrains de polo. A présent, l'influence anglaise avait disparu, mais les splendides bâtisses étaient toujours là pour témoigner du passé.

Pour la première fois de sa vie, Jennifer avait pris conscience de sa nationalité en arrivant à l'aéroport du Caire. Les employés de l'immigration l'avaient longuement questionnée sur les motifs de sa présence sur le territoire égyptien. Elle avait déclaré en toute franchise, que le but de sa visite était la vente de biens immobiliers légués par un membre de sa famille.

Apparemment Miss Styles avait toujours entretenu d'excellentes relations avec les autorités locales, car l'évocation de son nom avait fait naître sur les lèvres du policier un sourire entendu. Il expliqua à la jeune fille que son aïeule avait fait don d'une forte somme d'argent aux bonnes œuvres du Caire. Jennifer découvrit peu à peu que sa tante était un être tout à fait passionnant. Toute sa vie, elle s'était battue pour l'émancipation de la femme Égyptienne. Son père, George Styles, archéologue mondialement connu, avait consacré son travail aux fouilles des tombeaux de la Vallée des Rois. Les musées du Caire et d'Alexandrie avaient amplement bénéficié de ses découvertes.

Jennifer n'avait pas la moindre idée de l'accueil qui l'attendait en Égypte. Elle atterrit à l'aéroport du Caire par une belle fin d'après-midi de décembre. Kalim vint la chercher, au volant de la Daimler et la conduisit directement à la villa qui baignait dans une lueur crépusculaire.

Jennifer adorait les couchers de soleil. Elle avait quitté les brumes froides de l'hiver anglais et trouvait ici des jardins encore fleuris, pleins de senteurs exotiques. Elle qui s'imaginait l'Égypte comme un immense désert de sable et de cailloux, brûlé par le soleil, avait été surprise de découvrir le delta du Nil, vert et fertile. La propriété d'Harriett Styles était située à l'orée d'une magnifique palmeraie, un peu en contrebas de la route. Derrière les branches de cèdres centenaires, on apercevait les grillages d'un court de tennis abandonné.

L'intérieur de la maison eût fait les délices d'un collectionneur. Dès que l'on entrait, on était saisi par une odeur étrange, de terre et de poussière, que l'on sentait d'habitude dans les anciens musées. La maison respirait l'histoire. Des mains amoureuses avaient réuni là des centaines de statuettes de jade et d'onyx, des figurines en bronze, des bijoux d'argent placés dans des coffrets laqués. Des tapis de toute beauté réchauffaient le sol carrelé de mosaïques compliquées. D'anciennes tapisseries coptes, aux couleurs un peu passées, ornaient les murs.

Jennifer réfléchit. Il était hors de question de

ramener des antiquités égyptiennes dans son petit deux-pièces londonien. Elle vendrait donc la maison, ainsi que son contenu, pour une somme rondelette, qui lui permettrait d'acheter à Londres un spacieux appartement.

Il existait dans la villa une pièce un peu particulière, où Harriett Styles avait recréé un décor anglais « typique ». Elle avait dû servir de bureau à son père. Là, les fauteuils et canapés de cuir sombre avaient fait leur temps. Des coussins élimés, il ne restait que la trame et le grand tapis était tellement usé et pâli que l'on n'y retrouvait plus les motifs originaux! Les visiteurs devaient en conclure que les Anglais n'avaient aucun goût en matière d'ameublement!

A l'étage, il y avait quatre chambres, dont tous les lits paraissaient moelleux et confortables. Les armoires, emplies de draps et de taies d'oreiller de coton ou de lin soigneusement pliés, fleuraient bon la lavande et les pétales de roses.

La salle à manger, aux proportions respectables, ressemblait plutôt à une armurerie. Elle abritait une fabuleuse collection d'armes à feu, fusils, carabines, pistolets, arquebuses, escopettes et mousquetons de provenances diverses. Des vitrines fermées à clé recélaient nombre d'objets précieux. Jennifer, fascinée, découvrit des bagues et des broches incrustées de pierres précieuses, des scarabées sacrés de l'ancienne Égypte, symboles d'immortalité, en émaux cloisonnés d'or, et de merveilleux bracelets et colliers de corail rouge et de cornaline.

Apparemment, Miss Styles n'employait pas de

domestiques, excepté un vieux jardinier qui entretenait amoureusement les plate-bandes, taillait les rosiers et élaguait les arbres, et l'indispensable Kalim qui servait à la fois de chauffeur et de maître d'hôtel. Celui-ci possédait sa propre maison, située à une cinquantaine de mètres de la villa. Dans la journée, il s'occupait de tout, la vieille demoiselle paraissant tout à fait détachée des choses de ce monde...

Il expliqua à Jennifer que, pensant qu'elle allait s'installer ici, il avait demandé à deux femmes de chambre de venir s'occuper de son linge.

Une fois remise de sa surprise, Jennifer lui fit comprendre que n'ayant pas l'intention de rester longtemps au Caire elle avait plus ou moins prévu de séjourner à l'hôtel. Mais devant la mine désappointée et vaguement désapprobatrice du vieil homme, elle changea d'avis et accepta de loger, pour environ une semaine, dans les appartements de sa grand-tante. Elle économiserait ainsi les frais d'hôtel.

Car Jennifer Styles n'était pas riche; elle avait dû emprunter de l'argent à des amis pour pouvoir s'offrir ce séjour en Égypte. Pour l'instant, elle n'avait encore tiré aucun bénéfice de l'héritage de sa tante.

Le visage ridé de Kalim s'éclaira. Il assura à la jeune fille qu'elle n'avait aucun souci à se faire, qu'il s'occuperait de tout.

– A présent je vous laisse fureter dans la maison, déclara-t-il avec un clin d'œil avant de s'éloigner.

Jennifer avait choisi la chambre qui donnait sur la partie la plus sauvage du jardin. Elle s'était réveillée le matin de fort bonne humeur; après une douche rapide, elle avait rangé ses affaires dans l'armoire, en se félicitant d'avoir emporté des vêtements légers, car le temps était superbe. On ne se serait jamais cru au mois de décembre!

A midi, elle déjeuna seule dans la grande salle à manger, puis partit se reposer dans sa chambre.

Elle se réveilla pour contempler le plus merveilleux coucher de soleil qui lui ait été donné de voir. Le bleu profond du ciel se transforma peu à peu en un vert iridescent. Elle sortit sur la terrasse pour mieux profiter du spectacle. Le jardin tout entier baignait dans cette lumière irréelle, tandis que l'horizon s'embrasait dans un flamboiement rose foncé. Marionnettes d'un invisible magicien, les étoiles apparaissaient les unes après les autres, au fur et à mesure que la lueur verte s'estompait. Bientôt la nuit enveloppa le jardin dans sa pénombre protectrice. En étendant le bras en avant, Jennifer ne distinguait plus le contour de sa propre main. Elle rentra dans la maison en frissonnant. Kalim, attentionné, avait déjà allumé les lampes du vestibule, qui diffusaient une douce lumière orangée. C'est à ce moment-là qu'elle lui avait demandé de la conduire jusqu'aux pyramides.

– Bien sûr, *Sitt*, avait-il répondu avec un sourire résigné, comme s'il connaissait d'avance les désirs de toutes les Anglaises romantiques qui arrivaient en Égypte.

Au retour de son étrange équipée, Jennifer décida de rester encore une semaine supplémentaire au

Caire. Avoir payé un voyage aussi cher pour rester si peu de temps lui parut soudain ridicule.

Excepté un court séjour linguistique à Paris et un week-end solitaire en Suisse, elle n'avait presque jamais quitté son Angleterre natale. Les voyages forment la jeunesse, disait le dicton, alors pourquoi ne pas tenter l'aventure, puisque l'occasion se présentait? L'Égypte était un pays si fascinant... Elle pourrait peut-être s'offrir une croisière sur le Nil, jusqu'à Louxor... Elle s'abandonna à un rêve délicieux. Nuits étoilées, longues journées paisibles et alanguies à revivre l'histoire de l'Égypte ancienne en compagnie de touristes passionnés d'archéologie. Ses fréquentes visites au British Museum et une étude approfondie des trente-trois dynasties de Pharaons qui avaient gouverné l'Égypte avant sa conquête par les Romains en faisait déjà une égyptologue acharnée!

Ce soir-là, au pied du grand Sphinx, elle avait profondément ressenti l'envoûtement, la magie de ce pays.

De retour à la villa, à peine eut-elle éteint la lumière et posé la tête sur son oreiller qu'elle s'endormit dans un sommeil peuplé de rêves étranges; brusquement, elle fut réveillée en sursaut par un choc sourd. Elle se dressa sur son lit, le cœur battant, les yeux grands ouverts. Par la fenêtre entrebâillée, elle vit une vague lueur blanchir l'horizon et les étoiles s'éteindre progressivement dans le ciel violet : l'aube approchait.

Jennifer se leva et chercha à tâtons son peignoir de

bain posé sur une chaise. Le bruit qui l'avait tirée de son sommeil semblait provenir du rez-de-chaussée. Elle alluma sa lampe de chevet; sa montre marquait cinq heures moins le quart. La femme de ménage ne prenait tout de même pas son service aussi tôt! Donc, il y avait quelqu'un dans la maison, qui se déplaçait silencieusement sans toutefois connaître suffisamment les lieux pour ne pas heurter certains meubles.

Il y eut encore un bruit assourdi, puis le silence revint. L'intrus s'était peut-être éclipsé discrètement ou bien avait-il jugé préférable de se dissimuler en attendant le moment propice pour continuer son exploration?

Jennifer hésita : la sagesse lui dictait de retourner dans son lit et d'attendre bien sagement le lever du jour, mais elle était trop curieuse de nature pour ne pas résoudre ce mystère. Ce n'était peut-être qu'un chat! Mais elle ne se souvenait pas d'avoir vu rôder un matou dans la maison.

D'une main qui ne tremblait pas, elle éteignit sa lampe de chevet, noua la ceinture de son kimono et se glissa furtivement hors de sa chambre. Elle se déplaçait avec précaution de peur de cogner une table ou une chaise; par bonheur, le sol du long corridor était recouvert d'un épais tapis qui étouffait le bruit de ses pas. Les persiennes closes et les rideaux tirés ne laissaient filtrer aucune lumière et la grande villa était plongée dans l'obscurité la plus totale. Pendant quelques secondes, Jennifer s'affola car elle ne savait plus où commençait l'escalier. Puis elle se souvint qu'il se trouvait à gauche au bout du couloir. À peine avait-elle posé le pied sur la première marche qu'elle vit une lueur briller et disparaître aussitôt dans un coin du salon.

Sans aucun doute, il s'agissait du faisceau d'une lampe électrique que l'on avait aussitôt éteint en entendant craquer la marche d'escalier. Le cœur de Jennifer se mit à marteler sa poitrine et elle dut s'armer de tout son courage pour ne pas battre en retraite vers sa chambre. Elle prit une profonde inspiration et déclara d'une voix forte :

– Qui est là?

Pas de réponse.

– Je sais qu'il y a quelqu'un. Attention, je compte jusqu'à trois avant d'allumer la lumière. Un...

À sa grande horreur, elle s'aperçut soudain qu'elle ne savait pas où était le commutateur le plus proche! Elle était donc entièrement à la merci du voleur – car il s'agissait évidemment d'un voleur.

Des picotements d'angoisse lui parcouraient la colonne vertébrale. Elle tâtonnait frénétiquement le mur sur sa droite, cherchant sous ses doigts le miraculeux bouton qui lui sauverait la vie, quand un rire sauvage éclata, tout près d'elle.

On lui braqua le faisceau d'une torche en plein visage et la jeune fille mit le bras devant ses yeux pour se protéger. Jennifer n'était pas très grande – un peu moins d'un mètre soixante. Dans son kimono de soie lavande, avec ses cheveux roux en désordre encadrant son visage terrifié, elle ne risquait guère d'effaroucher son adversaire!

– Petite folle!

Elle devina une ironie un peu méprisante dans cette voix... L'homme tourna obligeamment le commutateur et le vestibule fut brusquement illuminé.

Avec prudence, Jennifer descendit l'escalier en s'agrippant à la rampe de chêne.

– Vous?!

La surprise la fit suffoquer. La merveilleuse apparition au pied du Sphinx n'était donc qu'un vulgaire cambrioleur! Elle ne s'était pas trompée. Il portait bien un smoking d'un blanc immaculé, avec une épingle de cravate ornée d'un rubis. À sa boutonnière fleurissait une élégante pochette en soie d'un rouge écarlate. À première vue, on aurait dit une personne de la haute société et non un misérable voleur... Car on n'entrait pas ainsi chez les gens à une heure pareille sans motif inavouable, et Jennifer l'avait pris la main dans le sac! Derrière lui, sur le sol, gisait un vase brisé.

– Je suis désolé pour le vase, déclara-t-il avec un naturel stupéfiant. Si vous laissez des pièces d'aussi piètre valeur envahir l'appartement, il ne faudra pas vout étonner de les voir tomber les unes après les autres. J'ai pourtant essayé d'être discret, mais ce stupide objet s'est mis en travers de mon chemin.

– En... En travers de votre chemin! Eh bien, vous ne manquez pas d'un certain toupet!

Elle le dévisageait comme s'il eût été une apparition, ce qu'il était, d'une certaine façon!...

– Auriez-vous l'obligeance de m'expliquer ce que vous faites chez moi, à cinq heures du matin?

– Rien de plus facile...

Il y avait dans sa voix une nuance insolente que Jennifer jugea très impertinente.

– Cela risque de prendre un certain temps, je vous préviens. Aussi, si vous aviez l'amabilité de m'offrir un siège dans un lieu plus confortable que ce vestibule. À propos... Kalim dort-il ici, ou chez lui?

– Je... je ne sais pas, bredouilla Jennifer qui maudit intérieurement sa négligence : c'était la première chose qu'elle aurait dû vérifier avant d'aller se coucher.

L'inconnu sourit.

– Vous n'êtes pas très au fait des habitudes de la maison. C'est bien normal, puisque vous venez d'arriver. Enfin, à mon avis il vaudrait mieux que Kalim dorme ici la nuit prochaine...

Elle le dévisagea d'un air soupçonneux.

– Donc... vous saviez que j'étais seule?

Le sourire s'élargit, révélant une magnifique rangée de dents blanches. L'homme avait des yeux noirs et brillants comme des grains de café, et de très longs cils, qui donnaient à son regard une extraordinaire intensité.

– Avouez qu'il aurait été stupide de m'introduire ici, sachant que quelqu'un gardait la villa...

Face à cet homme impeccablement vêtu et tellement sûr de lui, Jennifer se trouvait totalement désarmée et bien vulnérable dans son mince kimono de soie qui protégeait mal sa nudité. Même pris en flagrant délit, il gardait un flegme proprement stupéfiant. Un perpétuel sourire, un peu moqueur, flottait sur ses lèvres, et la jeune fille ne savait plus exactement quelle attitude adopter.

– Que cherchiez-vous dans ma maison? reprit-elle après un long silence. Car vous cherchiez bien quelque chose?

L'expression de son visiteur s'adoucit.

– Oui, murmura-t-il en penchant légèrement la tête sur le côté, pour mieux la regarder. À vous voir dans ce charmant kimono, certains diraient que j'ai trouvé ce que je cherchais...

Jennifer, dont le teint transparent rosissait à la moindre émotion, devint cramoisie. Elle masqua son embarras en secouant ses boucles rousses qui vinrent danser sur ses joues en feu.

Un léger courant d'air fit bouger la lanterne mauresque accrochée au plafond, révélant ses formes délicieuses sous le fin tissu du kimono. Son visiteur la détailla de la tête aux pieds, sans la moindre gêne. Jennifer se ressaisit très vite et releva fièrement le menton.

– Vous m'avez suivie jusqu'ici! lança-t-elle d'un ton accusateur. C'est vous que j'ai vu tout à l'heure, près des Pyramides...

Il arborait à nouveau ce sourire ironique, exaspérant!

– Vous n'êtes pas encore tout à fait persuadée que je suis bien réel... En tout cas, je me suis beaucoup diverti à vous entendre monologuer devant le Sphinx. Pourquoi teniez-vous tant à vous justifier? Vous êtes ravissante...

Jennifer rougit de plus belle.

– Vous n'auriez pas dû écouter! C'est honteux!

Elle tourna vivement les talons et ouvrit en grand la porte à double battant du salon.

– Entrez ici... si vous êtes prêt à me fournir la preuve que vous n'êtes pas un vulgaire cambrioleur, dit-elle d'un ton sec destiné à dissimuler le tremblement de sa voix. Mais je vous préviens : vous devrez vous justifier, si vous voulez me convaincre de ne pas appeler la police!

– Voyons, Miss Styles... Prévenir la police? Vous n'y pensez pas! Il n'y a même pas de téléphone dans cette maison! Et... vous ne pourrez pas me retenir de force; vous ne faites pas le poids!

Jennifer jeta autour d'elle un regard inquiet; c'était vrai, il n'y avait pas de téléphone dans la villa... L'inconnu souriait toujours, mais son visage conservait une expression indéchiffrable; ses prunelles luisaient comme deux diamants noirs.

– Eh oui... Quelle idée désuète, n'est-ce pas, de croire que le téléphone est une source d'ennuis. C'est pourtant ce que pensait votre grand-tante. Elle n'avait plus guère de contacts avec le monde extérieur.

Jennifer indiqua un siège à son visiteur, mais apparemment celui-ci avait changé d'avis et préférait rester debout.

– Voyez-vous, Miss Styles, je connaissais bien votre tante. Quelle charmante vieille dame... Malheureusement, elle n'avait pas, comment dit-on, les pieds sur terre! Je m'étonne que cette villa n'ait pas été cambriolée plus tôt. Elle contient tout de même certains bibelots de valeur. Et pas de système d'alarme!

Jennifer écarquilla les yeux.

– Vous appelez ces merveilles des « bibelots »? s'exclama-t-elle en désignant les vitrines garnies d'objets précieux.

Son interlocuteur secoua la tête.

– Détrompez-vous. La plupart de ces objets n'ont qu'une valeur sentimentale, comme ce vase que j'ai malencontreusement brisé tout à l'heure.

– Mon arrière-grand oncle était archéologue! l'interrompit-elle, et collectionneur, de surcroît! Regardez tous les trésors qu'il a amassés!

L'inconnu se mit à rire.

– George Styles n'était pas stupide, et c'était aussi un homme intègre. Il ne voulait pas déplaire aux autorités locales. Les objets qu'il a exhumés des tombes sont éparpillés dans les différents musées de la région. Il n'y a ici qu'une ou deux pièces de très grande valeur. Une, plus exactement...

Il marqua une pause. Jennifer, suspendue à ses lèvres, attendit la fin de la phrase.

– Je parle d'un objet d'art qu'il a acheté tout à fait légalement, chez un antiquaire.

– Quel est donc cet oiseau rare? s'enquit la jeune fille, qui parvenait mal à dissimuler sa curiosité.

L'homme parcourut lentement la pièce, examinant avec soin chaque vitrine, chaque étagère, en s'aidant de sa lampe électrique. Il ouvrit tous les tiroirs, les uns après les autres et passa au peigne fin le contenu des coffres et des malles. Mais au bout d'une demi-heure, il se redressa, découragé, et regarda Jennifer qui avait suivi chacun de ses gestes avec intérêt.

– Elle n'est pas dans cette pièce, dit-il en frappant la paume de sa main gauche de son poing droit. Or, je sais qu'ils la conservaient ici... Votre tante l'a peut-être vendue... Non, c'est très improbable. Se séparer d'un objet d'une telle valeur! Quelle folie!

– Écoutez, le coupa-t-elle d'un ton agacé, vous cherchez à me persuader qu'il y a dans cette maison quelque chose de très précieux. Dans quel but? Vous aimeriez vous l'approprier, c'est cela?...

Il la dévisagea d'un air surpris, puis son étonnement se mua en mépris.

– Votre étroitesse d'esprit me navre. Vous n'êtes pas la digne descendante d'Harriett Styles. Il se trouve que je tiens les intérêts de votre tante très à cœur, et les vôtres aussi, accessoirement...

– Tiens donc... ironisa-t-elle.

Cette remarque causa un vif déplaisir à son interlocuteur, car il fronça les sourcils d'un air furibond. Un voile de dédain assombrit son regard.

– Vous ne me croyez pas, mais c'est la pure vérité. Je ne nie pas que le prestige de ma propre collection serait rehaussé par l'acquisition de cette pièce unique, mais je risque aussi ma réputation en pénétrant par effraction chez mes voisins!

– Nous sommes donc voisins? releva Jennifer.

– Oui, je possède une villa dans les environs.

– Dans ce cas, cher voisin, auriez-vous l'amabilité de me donner un peu plus de détails sur les raisons de votre présence dans *ma* maison?

– Comme je vous l'ai dit, rien de plus facile : je suis entré par une porte-fenêtre entrouverte pour chercher une statuette.

– Une statuette?

– Oui, en or massif.

Jennifer haussa ses fins sourcils et le considéra d'un air moqueur.

– Elle est sans doute incrustée de diamants...

Il ébaucha une moue condescendante.

– Non, il n'y a pas de diamants. La beauté de cette statuette vient de la pureté de ses lignes et de la finesse de son or. En fait il en existe deux, mais l'une d'elle a disparu depuis une cinquantaine d'années. Si la vôtre venait à manquer aussi, ce serait une véritable catastrophe.

– C'est très gentil à vous, cher voisin, de veiller sur mon héritage...

– Un conseil d'ami Miss Styles : cherchez la statuette et mettez-la en lieu sûr, si vous ne voulez pas être rapidement dépouillée d'un trésor inestimable. Si vous le désirez, je peux la chercher à votre place, ou vous conseiller les meilleures méthodes pour la conserver en sécurité. Si par hasard, vous vous décidiez à la vendre, je me porterais acquéreur. Votre prix sera le mien.

Jennifer se mit à rire.

– Vous voyez bien que vous la convoitez! Et... vous devez être très riche pour être prêt à me l'acheter à n'importe quel prix!

Il eut une mimique ennuyée.

– Je possède en effet une fortune respectable. Mais laissons cela.

– Comme cela doit être agréable, parfois, d'avoir de l'argent, soupira la jeune fille avec un humour teinté d'amertume.

Il la regarda avec curiosité.

– N'oubliez pas que vous êtes l'héritière de Miss Styles. Si vous suivez les conseils d'un spécialiste, vous pourrez vendre tout une partie du contenu de cette maison pour une somme rondelette. Durant votre vie entière, vous remercierez votre tante d'avoir pensé à vous à la veille de sa mort. Elle menait une existence dépourvue de luxe, mais elle aimait les belles choses. Je plaisantais tout à l'heure en parlant de bimbeloterie. Cet endroit regorge de merveilles... Votre tante chérissait ces reliques du temps passé, conclut-il d'un air rêveur. Je ne pense pas qu'elle s'en serait séparée, pour tout l'or du monde.

– Oui, mais oui, je vis à Londres, lui fit observer Jennifer. Je suis venue ici sur les conseils de mon notaire, pour faire une estimation du montant des biens de ma tante et...

Soudain, elle s'interrompit et se mordit la lèvre : que lui arrivait-il? Elle était en train de raconter sa vie à un étranger qui venait de s'introduire chez elle sans son autorisation!

– Avant de poursuivre cette petite conversation, pourrais-je savoir le nom de l'inconnu qui tient mes intérêts tellement à cœur au point d'entrer chez moi par effraction à cinq heures du matin? J'ai cru mourir de frayeur en entendant du bruit au rez-de-chaussée! J'aurais pu me rompre le cou dans le noir!

– Vous auriez dû vérifier où se trouvait la lumière, avant d'aller au lit.

Ce fut son seul commentaire.

Il marcha jusqu'à la fenêtre et tira les lourdes tentures de velours vert. Jennifer cligna des yeux. Le jour était déjà levé et une vive clarté avait envahi la pièce. Le soleil montait dans le ciel d'un bleu lumineux et réchauffait le plumage des oiseaux nichés dans les buissons du jardin. L'inconnu ouvrit la fenêtre en grand et respira l'air à pleins poumons.

– Jamais vous ne verriez pareil lever de soleil en Angleterre, dit-il en lui désignant la palmeraie endormie de sa main longue et racée.

Jennifer l'observait du coin de l'œil, admirant malgré elle la silhouette élancée et pourtant très masculine, les cheveux noirs et brillants, cette bouche mobile aux lèvres généreuses et sensuelles. Elle se surprit à désirer en savoir davantage sur cet homme, alors qu'il lui décrivait d'une voix chantante et avec des accents presque lyriques le charme des petits matins égyptiens. Il dépeignait avec tant de chaleur et d'enthousiasme les merveilles de son pays qu'elle se garda de l'interrompre.

Soudain, ils entendirent la démarche un peu traînante de Kalim, qui entrait dans la cuisine.

– Écoutez, monsieur, je ne sais toujours pas qui vous êtes. Si vous ne voulez pas me laisser sur une mauvaise impression, au cas où nous nous rencontrerions une autre fois, pouvez-vous me donner votre nom? Avouez qu'il serait gênant en pleine rue de vous gratifier d'un « bonjour, cher voleur »! Les gens pourraient se faire des idées...

Il se tourna vers elle et lui adressa un sourire narquois.

– Depuis une heure, vous auriez eu le temps d'appeler au secours. Au revoir, mademoiselle...

Et avant même qu'elle ait réagi, il franchit la porte-fenêtre et s'éloigna d'un pas vif dans le jardin.

2

Kalim terminait de préparer le petit déjeuner lorsque la jeune fille fit son apparition dans la cuisine. Elle lui demanda aussitôt s'il avait entendu des bruits inhabituels pendant la nuit, mais le vieil homme paraissait avoir dormi sur ses deux oreilles. Elle lui parla de son étrange visiteur et le lui décrivit du mieux qu'elle put, sans toutefois mentionner la façon dont il s'était introduit dans la maison. Mais Kalim ne voyait pas de qui il pouvait s'agir.

Non, il ne connaissait pas ce gentleman. Il y avait plusieurs personnes dans les environs susceptibles de répondre à cette description. Grand et brun...

– L'Égypte est peuplée d'hommes grands et bruns, *Sitt*...

Jennifer renonça à lui soutirer la moindre confidence et lui rappela qu'il devait l'emmener à onze heures au centre ville pour sa visite à l'homme d'affaires de sa tante.

L'actuelle ville du Caire ne ressemblait sans doute plus à la vieille cité qu'avait connu Harriett Styles, lors de son arrivée en Égypte, après la Première Guerre mondiale. Malgré tout, sa petite-nièce la trouva pittoresque et fascinante, car à côté de la métropole moderne, aux larges avenues bordées de buildings, de boutiques luxueuses et de salons de thé, elle découvrit la ville musulmane et son extraordinaire architecture de mosquées, dômes et minarets, ses échoppes minuscules et ses bazars colorés. Une perpétuelle agitation semblait secouer la capitale, l'une des plus peuplées du monde. Une foule compacte se pressait sur les trottoirs, et les autobus, surchargés de grappes humaines, paraissaient toujours prêts à se renverser.

Ce matin-là, Jennifer aurait bien aimé flâner dans le calme des merveilleux jardins d'Ezbekiya, mais le rendez-vous avec l'homme d'affaires approchait et elle se promit d'aller se promener plus tard dans la journée.

Le bureau de M. Yusuf était situé au premier étage d'un immeuble ultra-moderne, dans l'avenue la plus chic de la capitale. Son étude devait être prospère, à en croire le nombre de secrétaires et de dactylos qui allaient et venaient d'un air occupé.

C'était un petit homme replet, au crâne dégarni, mais qui abritait derrière de grosses lunettes en écaille un regard vif et rusé. Il reçut sa cliente avec courtoisie, mais elle comprit qu'il n'avait que peu de temps à lui accorder.

– Ah! Miss Styles! s'exclama-t-il en se levant de son fauteuil. Bienvenue au Caire. C'est la première fois que vous venez, je crois...

Il se rassit et lui sourit, de toutes ses dents en or.

– Bien. Vous avez donc visité la propriété. Votre grand-tante y était extrêmement attachée. Si je ne me trompe pas, elle n'est même jamais retournée en Angleterre?

– Je ne crois pas, en effet.

– La villa et le terrain qui l'entoure ont pris une grande valeur, au cours de ces dernières années. D'aucuns rêvent de l'acheter! Si vous désirez vendre, vous en tirerez un bon prix. Moi-même, je me porterais volontiers acquéreur! Trêve de plaisanterie. Vous n'êtes pas sans savoir que vous n'héritez pas des liquidités de votre tante, mais uniquement de la maison et des biens mobiliers. Vous n'avez sans doute pas eu le temps de tout inspecter dans le détail, mais je peux vous certifier que la vente de ces objets vous rapportera une jolie fortune!

Il poussa vers elle un porte-cigarettes en nacre, mais elle déclina poliment son offre. M. Yusuf alluma une cigarette, se cala dans son fauteuil et la dévisagea avec intérêt. Jennifer portait un adorable tailleur vert tilleul dont la teinte très douce s'harmonisait avec ses cheveux roux et son teint clair.

Une lueur admirative passa dans les yeux de l'homme d'affaires, qui abandonna son attitude professionnelle.

– Chère mademoiselle, je ne sais pas combien de temps vous projetez de séjourner dans notre beau pays, mais il serait dommage que vous n'en profitiez pas un peu. Les démarches légales prendront peut-être plusieurs jours, sinon plusieurs semaines. De plus, vous me rendriez un immense service en procédant vous-même à l'inventaire des objets précieux. Votre tante possède une très belle collection de jades et de bijoux anciens.

Jennifer s'attendait à ce qu'il mentionne la fameuse statuette, mais M. Yusuf resta muet à ce sujet. Omission volontaire de sa part, ou bien était-il de bonne foi? Après tout, sa tante l'avait peut-être vendue avant sa mort. Un doute germa dans son esprit : son visiteur matinal avait-il entièrement inventé l'existence de cette statuette, pour une raison encore inconnue? Par prudence, il valait mieux ne pas souffler mot à l'homme d'affaires. Elle lui expliqua qu'elle ne pouvait financièrement se permettre de prolonger trop longtemps son séjour au Caire et que son travail l'attendait à Londres. Elle était employée comme secrétaire-archiviste dans un cabinet d'ingénieurs conseils, qui lui avait accordé un congé à titre exceptionnel et son retour était souhaité dans les délais les plus brefs.

M. Yusuf affirma qu'il comprenait parfaitement son problème, mais que ce genre d'affaire ne se réglait pas en un jour et que la lenteur de l'administration égyptienne était proverbiale.

– Il faudra vous armer de patience! Quant à vos soucis financiers, une petite avance sur l'héritage est toujours possible. Je suis sûr que votre grand-tante aurait été d'accord. Il serait vraiment dommage d'avoir parcouru un tel chemin et de repartir sans avoir admiré les splendeurs de l'Égypte! N'oubliez pas que vous êtes la descendante d'illustres archéologues... conclut-il en lui adressant un sourire qui dévoila toutes ses dents en or.

– Je vous remercie infiniment, monsieur Yusuf, hélas, je dois respecter les délais qui m'ont été accordés. Mais rassurez-vous, je compte bien prendre une petite semaine de vacances!

L'homme d'affaires étendit les mains en avant, paumes vers le ciel, puis haussa les épaules d'un air résigné.

– J'espère que vous changerez bien vite d'avis! C'est là une prérogative de votre sexe, n'est-ce pas? ajouta-t-il d'un ton jovial.

Jennifer se leva, jugeant qu'il était inutile d'argumenter. Il la raccompagna jusqu'à la porte et s'inclina devant elle, la main sur le cœur, en lui assurant qu'il restait à son entière disposition et qu'elle ne devait pas hésiter à faire appel à lui, en cas de besoin.

Jennifer sortit de l'immeuble et émergea au grand soleil, en poussant un soupir de soulagement. Les démonstrations de galanterie de l'homme d'affaires, qui avait gardé les yeux rivés sur le décolleté de son tailleur, l'avaient irritée au plus haut point.

Elle rejoignit Kalim à la voiture et lui donna congé, en lui demandant de venir la chercher au même endroit, vers 2 heures de l'après-midi. Elle avait l'intention de flâner un peu dans les rues pour découvrir de plus près cette foule colorée et joyeuse qui se bousculait sur les trottoirs. Elle commença par s'offrir un délicieux sandwich qu'elle grignota tout en s'attardant devant des échoppes où des artisans habiles travaillaient le cuivre et le bois.

Vers une heure, elle s'aperçut qu'elle avait soif et chercha une terrasse où s'asseoir pour déguster un thé à la menthe. Alors qu'elle s'arrêtait devant la vitrine alléchante d'une pâtisserie-salon de thé où étaient exposés d'appétissants gâteaux, elle s'entendit appeler par une voix douce, presque familière, qui la fit tressaillir.

– Tiens, Miss Styles!

Jennifer fit volte-face et se retrouva face à son visiteur nocturne.

– Encore!

Il ne portait plus de smoking, mais un costume gris perle, impeccablement coupé, une chemise blanche et une cravate rouge qui mettaient en valeur sa peau mate et brune. Cet homme possédait une telle distinction, une telle élégance naturelle que bizarrement, Jennifer ressentit contre lui une certaine animosité. Elle lui lança un regard noir.

Il se mit à rire.

– Vous ne paraissez guère enchantée de me voir!

Bien qu'il parlât un anglais très pur, il s'exprimait avec un accent chantant, expressif qui révélait ses origines arabes.

– Je ne crois pas vous avoir favorablement impressionnée ce matin, malgré tous mes efforts... Il est vrai que vous m'avez pris en flagrant délit! Vous ne tenez certainement pas à être en bons termes avec un cambrioleur...

Jennifer resta interdite devant une telle effronterie. Elle le dévisagea froidement sans toutefois trouver les mots pour lui répondre. Il remarqua soudain l'étalage de confiseries et de pâtisseries qui avait attiré la convoitise de sa compagne.

– Hmm... Vous aimez les douceurs, on dirait. Aviez-vous l'intention d'acheter des gâteaux?

– Non, pas du tout. Je me contentais de regarder.

– Vraiment, vous n'aimez pas les confiseries?

– Oh si, je les adore!

Il l'étudia avec une petite moue ironique qui l'exaspéra.

– Je ne crains pas de grossir, contrairement à ce que vous supposez, ajouta-t-elle en relevant le menton.

Il la détailla des pieds à la tête d'un air insolent.

– Votre silhouette ne souffre pas la moindre critique... De nos jours, les jeunes femmes ont pris la fâcheuse manie de compter les calories de leurs aliments. Vous êtes peut-être l'exception qui confirme la règle!

Il jeta un coup d'œil vers une table inoccupée à l'intérieur de la pâtisserie et la lui désigna du doigt.

– Avez-vous faim? Je connais un petit restaurant qui...

– Merci, j'ai déjà déjeuné, l'interrompit-elle sèchement.

– Alors, nous nous contenterons d'une tasse de

café, soupira-t-il, comme s'il s'était attendu à cette réponse. Je savais bien que c'était trop vous demander d'accepter de déjeuner avec moi.

Elle le suivit à l'intérieur du salon de thé, en regrettant de ne pas avoir tout de suite décliné son offre. Une fois assis, l'homme dont elle ne connaissait toujours pas le nom commanda deux cafés et alluma une cigarette. Le garçon dut le considérer comme un client de marque, car il leur servit le café avec diligence.

Jennifer dégustait la boisson brûlante à petites gorgées, quand son vis-à-vis lui demanda à brûle-pourpoint si elle avait été satisfaite de sa visite chez M. Yusuf. D'étonnement, la jeune fille faillit renverser sa tasse.

– Comment diable saviez-vous que j'avais rendez-vous avec lui? s'exclama-t-elle.

Il eut un léger haussement d'épaules, pour signifier que ce détail n'avait vraiment aucune importance. En revanche, le résultat de la visite l'intéressait passionnément.

– J'étais un ami de votre tante, ne l'oubliez pas. Je connais bien Mohamed Yusuf.

Jennifer le dévisagea longuement, en silence, cherchant à deviner s'il disait la vérité. Sa raison se rebellait contre une petite voix intérieure qui lui chuchotait que cet homme était réellement fascinant.

– Puisque vous étiez un proche de ma tante, vous devez bien avoir une petite idée de l'endroit où elle a caché la statuette que vous cherchiez cette nuit avec tant d'ardeur...

– Ce matin, corrigea-t-il d'une voix douce. Cette nuit, j'avais d'autres choses à faire...

Elle se souvint de son smoking blanc et se demanda avec une pointe de curiosité jalouse, où donc il avait passé la nuit après leur rencontre au pied du Sphinx...

– Allons, reprit-elle avec insistance, vous avez bien une idée...

Il secoua la tête avec véhémence.

– Non, je ne sais pas. Sinon je ne me serais pas donné la peine de la chercher!

Jennifer fronça son joli petit nez.

– Avez-vous toujours l'habitude d'entrer chez les gens sans vous préoccuper de leur avis?

Il tendit en avant sa longue main soignée, dans un geste solennel.

– Sur mon honneur, non! Je vous le répète, j'ai agi dans votre intérêt. Je voulais être certain que personne n'avait tenté de vous déposséder. Que vous le croyiez ou non, c'est la vérité.

– Si cet objet a la valeur que vous prétendez, M. Yusuf l'aurait certainement mentionné! Or il ne m'en a pas parlé, objecta-t-elle en se penchant par-dessus la table.

Une telle omission de la part de l'homme d'affaires était pour elle la preuve de l'inexistence de la statuette. Parviendrait-elle à faire avouer à son compagnon ce qu'il cherchait réellement chez elle à 5 heures du matin? Elle en arrivait à se demander s'il ne s'était pas laissé volontairement surprendre...

Il soutint son regard sans ciller.

– Donc, Mohamed Yusuf n'a pas parlé de la statuette?

– Non, il a fait allusion à quelques bijoux et à une collection de jades dont, d'après lui, je devrais tirer un bon prix. Il m'a également proposé une avance sur la vente de la villa, au cas où j'aurais besoin d'argent...

– Ce vieil avare? Cela m'étonne de lui!

– Pour en revenir à la statuette, j'inclinerais à croire que ma tante l'a vendue... si elle l'a jamais possédée!

Elle marqua une pause et le regarda d'un air soupçonneux.

– Je vous trouve bien mystérieux, monsieur... Ma tante devait avoir une grande confiance en vous...

– En effet, acquiesça-t-il simplement.

– Et je ne sais toujours pas votre nom!

– Appelez-moi Julius. Ne riez pas, c'est mon prénom.

Jennifer soupira.

– Pourquoi ne dites-vous pas toute la vérité? Votre nom complet, vos véritables relations avec ma tante et la raison pour laquelle vous désirez si passionnément cette statuette. A propos, selon vous elle est en or massif. Que représente-t-elle?

– La déesse de l'amour.

– Déesse de l'am...

Une légère rougeur monta aux joues de la jeune fille, sous l'œil ravi de son partenaire. Pour se donner une contenance, elle but très vite une gorgée de café.

– A-t-elle été découverte dans une tombe?

– Je ne sais pas. Votre arrière-grand-oncle les avait achetées chez un antiquaire, au début du siècle. Je dis « les », car il y en a deux : le dieu et la déesse. Tous ceux qui ont eu l'occasion de les admirer sont d'accord avec moi : ces figurines représentent la beauté et l'amour dans ce qu'ils ont de plus merveilleux. Du point de vue esthétique comme du point de vue moral, c'est un crime de les avoir séparées.

Jennifer sourit. La perspicacité était l'une de ses qualités premières.

– Si j'écoute mon petit doigt, vous êtes l'heureux possesseur de l'une des deux statuettes et pour retrouver la seconde, vous êtes prêt à employer n'importe quel moyen... y compris le vol.

Il releva la tête et la regarda fixement, avec un mépris glacial.

– Je crois qu'il est inutile de poursuivre cette conversation, jeta-t-il d'un ton coupant, en écrasant sa cigarette dans le cendrier.

Il repoussa loin de lui sa tasse de café, pour souligner son propos.

– J'ai voulu vous aider, mais je vois que vous pourrez parfaitement vous passer de mon assistance.

– Comprenez-moi : vous vous entourez d'un tel mystère... D'abord au pied du Sphinx, ensuite chez moi, où vous pénétrez par effraction, se rebiffa-t-elle avec vivacité. Vous refusez de me donner votre nom et de me révéler pourquoi vous vous intéressez tant à moi! Alors je vous en prie, à partir d'aujourd'hui, cessez de vous mêler de mes affaires!

Elle prit son sac à main et se leva.

– Merci pour le café. Je compte sur vous pour ne pas revenir chez moi en pleine nuit. Sachez que je n'hésiterai pas à prévenir la police pour qu'elle surveille la villa!

Il se leva également et la raccompagna jusqu'à la porte.

– Je pense que les choses ne se passeront pas ainsi, murmura-t-il avec une politesse glaciale.

Paradoxalement, cet homme semblait très à cheval sur les bonnes manières. Elle lui avait peut-être parlé un peu trop crûment? Mais pourquoi diable refusait-il de lui donner son nom et cherchait-il à s'immiscer dans ses problèmes d'héritage, si ce n'était pour la déposséder? Cette idée la tracassait, car elle devait bien se l'avouer, le personnage était séduisant...

Aller se plaindre à la police... Non, tout de même pas! Elle s'était stupidement comportée; quelle idée d'accepter d'aller boire un café avec lui! Sa décision fut prise : la prochaine fois qu'elle le rencontrerait – car elle était sûre que leurs chemins se croiseraient de nouveau – elle changerait totalement d'attitude à son égard.

Pour le moment, mieux valait éviter de penser à lui et à cette maudite statuette. Si elle existait vraiment, elle la retrouverait un jour ou l'autre!

En rentrant à la villa, en fin d'après-midi, elle se souvint brutalement de la lettre d'Harriett Styles, que M. Yusuf lui avait remise lorsqu'elle avait quitté son bureau.

– Miss Styles m'a chargé de vous la remettre en mains propres, avait déclaré l'homme d'affaires avec une petite courbette.

Jennifer sortit l'enveloppe de son sac à main et la décacheta, soudain très excitée. Elle découvrit deux pages blanches, couvertes d'une écriture fine et serrée, tracée à l'encre violette :

Très chère nièce,

Comme il est étrange et difficile d'écrire à une inconnue. Vous n'avez peut-être jamais entendu parler de moi! C'est d'autant plus curieux qu'un jour cette maison et tout ce qu'elle contient vous appartiendra. Bien qu'ayant passé mon existence en Égypte, sans jamais retourner dans mon pays natal, je suis demeurée très fidèle à ma famille. Je tiens absolument à ce que vous héritiez de tous mes biens, excepté les liquidités bancaires, que j'ai versées aux œuvres de charité, comme je le leur avais toujours promis.

J'ai réuni dans ma maison des milliers d'objets que vous apprendrez j'espère à connaître et à aimer. Certains appartenaient déjà à mon père. Surtout ne les vendez pas trop précipitamment... La collection de scarabées sacrés, est à mon avis, unique au monde. Il y a également un ou deux bijoux de grande valeur. Quant à l'adorable déesse de l'amour, elle est cachée au grenier, dans une vieille malle. Je l'ai enveloppée dans une robe de bal avec quelques boules de naphtaline et j'ai refermé le couvercle à clé. Je crois savoir que beaucoup de gens aimeraient posséder cette statuette... A présent, vous êtes la seule à savoir où elle se cache. Par-delà ma mort, nous partagerons un petit secret! Dès que vous aurez terminé de lire cette lettre, détruisez-la.

Jennifer releva la tête, songeuse, puis poursuivit sa lecture. Les lignes qui suivirent la firent tressaillir.

– *Si jamais vous vous trouvez en difficultés ou si vous avez besoin d'un conseil, contactez mon ami Julius Crighton. Il est plus connu ici sous le nom de Crighton Bey. J'étais au collège avec sa grand-mère, la comtesse Dorian. Il est anglais par son père, Roger Crighton, un industriel londonien, qui a épousé en Égypte la très belle princesse Shaif. Malheureusement, la pauvre femme est morte peu de temps après avoir accouché de Julius. Je n'ai plus jamais eu de nouvelles de Roger Crighton.*

Encore une prière, avant de vous quitter : j'aimerais que vous séjourniez quelque temps dans ce merveilleux pays auquel j'ai consacré avec passion toute mon existence.

Harriett Styles concluait sa lettre en exhortant sa nièce à bien réfléchir avant de vendre la villa et regrettait encore une fois de ne jamais l'avoir rencontrée. Ensuite venait sa signature, *H. STYLES*, qui ressemblait étonnamment à celle de Jennifer.

La jeune fille relut la lettre à plusieurs reprises, le soir avant de se coucher. Après s'être déshabillée, elle enfila sa chemise de nuit et s'assit sur son lit, face à la fenêtre. La nuit tombait sur la palmeraie, telle un grand dais noir scintillant d'étoiles.

Quel terrible hasard l'avait empêchée de lire cette

lettre plus tôt, avant de rencontrer Julius Crighton à l'heure du déjeuner? Un Bey... Une haute personnalité du Caire! Mais pourquoi s'entourer d'un tel mystère? Petit-fils d'une comtesse et fils d'une princesse... Là résidait peut-être l'explication de sa noblesse et de sa distinction naturelles...

Elle se mit au lit, bien décidée à lui envoyer une lettre d'excuse dès le lendemain matin. Mais Julius Crighton était-il homme à accepter des excuses aussi facilement?

Il fallait d'abord trouver son adresse. Par bonheur, Kalim la connaissait et proposa d'aller lui-même porter la missive.

A sa grande surprise, non seulement Crighton Bey accepta ses excuses, mais il remit à Kalim une énorme boîte de friandises, celles-là mêmes qu'elle avait admirées la veille à la devanture du salon de thé. Elle défit le ruban jaune et en examina le contenu, les yeux brillants. Comment avait-il deviné qu'elle n'aimait pas les chocolats trop durs et qu'elle raffolait de ceux parfumés à l'orange et au citron?

Il ne lui en voulait donc pas. Cette pensée lui procura un vif soulagement. D'ordinaire, elle se souciait peu de l'opinion des autres. Mais cette fois-ci, c'était différent; l'estime de cet homme était un précieux cadeau...

Dès qu'elle aurait retrouvé la déesse de l'amour au grenier, elle lui demanderait quelles dispositions prendre à son égard, et aussi des conseils sur la vente des objets dont elle devrait un jour ou l'autre se défaire.

La tentation de suivre les recommandations de sa tante était grande : visiter l'Égypte, Alexandrie, Louxor, la Vallée des Rois... Elle n'aurait peut-être jamais l'occasion de refaire un tel voyage. Et puis l'argent de l'héritage lui permettrait de rembourser les frais qu'elle engageait à présent. Et si par malheur, la chance cessait de lui sourire, il lui restait toujours son billet de retour en avion...

Ne perds pas cette occasion, lui soufflait une petite voix. Songe à tes amis enfermés dans de tristes bureaux, à Londres... Comment? La descendante d'une longue lignée d'archéologues rechignerait à passer quelques semaines en Égypte pour de vulgaires problèmes d'argent? Très vite, sa décision fut prise : elle restait là, et elle se débrouillerait!

La jeune fille avait le sentiment que si elle rentrait en Angleterre sans s'être imprégnée de ce pays magique, les fantômes de George et Harriett Styles viendraient la hanter...

3

Une lettre d'excuses et une boîte de chocolats ne suffisent pas à établir une relation amicale, et la pauvre Jennifer l'apprit à ses dépens. En effet, pendant deux semaines, elle ne reçut pas la moindre nouvelle du Bey, et au bout de la troisième, elle dut admettre l'évidence : Julius Crighton ne tenait pas à la revoir...

Il avait peut-être quitté Le Caire, pour des raisons professionnelles ou bien... il avait totalement oublié son existence! Il lui restait toutefois un espoir. Il reviendrait toujours à cause de la statuette!

La statuette... Brûlante d'impatience, Jennifer était montée au grenier et avait effectivement découvert la malle dont parlait la lettre. Mais celle-ci était solidement cerclée de fer et fermée par un cadenas dont elle ne possédait pas la clé!

Devait-elle mettre Kalim dans la confidence? Elle ne savait pas s'il connaissait l'existence de la statuette. D'autre part, son intuition la retenait encore d'en parler à M. Yusuf. En effet, si Harriett Styles avait vraiment eu confiance en son homme d'affaires, il aurait été le premier à être au courant. Or la lettre de sa tante laissait planer un mystère. Elle paraissait décidée à partager son secret seulement avec sa petite nièce...

Un après-midi, une limousine noire s'arrêta devant le portail de la villa. De la fenêtre de sa chambre, Jennifer en vit descendre une femme vêtue d'une robe blanche, très classique, à la coupe parfaite.

Intriguée, la jeune fille écarta un peu le rideau : elle avait rarement vu une créature aussi exquise. Cette femme rivalisait de beauté avec les plus grandes stars du cinéma.

L'inconnue se tenait debout devant le portail et regardait la maison, en se protégeant du soleil avec une petite ombrelle blanche. Des cheveux noirs et brillants bouclaient autour d'un visage fin, à l'ovale très pur. Elle tenait à la main une pochette en cuir blanc.

Jennifer la regarda s'approcher, en se demandant ce que cette femme venait faire chez elle... On sonna. Elle entendit Kalim se précipiter pour ouvrir, puis il vint lui annoncer dans sa chambre que Mme Veuve Mortimer l'attendait.

– Mme Mortimer? répéta Jennifer, étonnée. Je devrais la connaître?

Kalim lui jeta un regard de reproche, comme si ignorer le nom de Mme Mortimer était un crime.

– C'est une grande dame – très connue. Dois-je lui dire d'entrer?

– Dites-lui simplement que je la recevrai dès que

je serai prête, répondit la jeune fille, refusant de se laisser impressionner. Je ne l'ai pas invitée, après tout! Faites-la attendre dans le petit salon, ajouta-t-elle avec un gentil sourire à l'adresse du vieil homme.

Elle arrangea machinalement sa coiffure, enfila une paire de sandales – les tapis étaient tellement moelleux qu'elle marchait toujours pieds-nus – et descendit au rez-de-chaussée.

Elle trouva sa visiteuse en train de s'admirer dans le grand miroir du salon, signe d'une auto-satisfaction un peu excessive, mais elle était si jolie qu'on ne pouvait pas lui reprocher d'aimer contempler sa propre image!

– Miss Styles? s'enquit-elle d'une voix douce, très modulée. Votre tante et moi-même étions les meilleures amies du monde.

Son anglais était parfait, très fluide, avec toutefois ce léger accent chantant qu'elle avait remarqué chez Julius Crighton. Elle posa sur le bras de Jennifer une main blanche et fine. A son annulaire brillait un énorme scarabée en malachite.

– Ah bon? murmura la jeune fille, qui ne trouvait pas de réponse appropriée.

Mme Mortimer continuait de sourire, consciente de l'effet qu'elle ne manquait jamais de produire sur les gens. Jennifer songea qu'elle avait dû longtemps étudier ce sourire devant sa glace!

– Chère Harriett... C'était une très vieille dame, mais vous lui ressemblez imperceptiblement. Vous êtes si... Comment dire? Si typiquement anglaise...

Vos boucles rousses, vos yeux bleus... Avez-vous l'intention de vous installer ici? ajouta-t-elle sans transition.

Jennifer secoua la tête.

– Je ne crois pas...

Elle s'aperçut qu'elle n'avait pas offert de chaise à sa visiteuse et l'invita à s'asseoir sur le divan.

– J'ai un travail à Londres. Je suis venue au Caire pour régler différentes questions et vendre la villa.

– Oh, je vois...

Mme Mortimer ébaucha un geste vague.

– Comme cela, dans cet état?

– Oui, bien sûr.

– Quelle pitié! Évidemment, cela va prendre du temps. Ce genre d'opération traîne toujours en longueur, j'en ai l'habitude. Dites-moi, si quelqu'un vous proposait de l'acheter tout de suite, sans intermédiaire...

– Je ne suis pas pressée, corrigea aussitôt Jennifer. Je veux d'abord choisir quelques objets que j'emporterai à Londres; ensuite l'homme d'affaires de ma tante s'occupera de vendre le reste aux enchères. Il y a tant de choses dans cette maison, c'est un vrai musée! J'aurais besoin de plusieurs semaines de congé supplémentaires pour pouvoir tout trier.

– Bien entendu.

Le radieux sourire de Léah Mortimer avait disparu. Elle considérait maintenant Jennifer d'un air pensif, le front plissé.

– Cela va-t-il vous prendre réellement beaucoup de temps?

Ce fut au tour de la jeune fille de sourire.

– Je ne sais pas encore. Ma tante a formulé le vœu de me voir découvrir l'Égypte... et j'ai sérieusement besoin de vacances! Étant donné qu'il y a peu de chances que je revienne un jour ici, autant en profiter, n'est-ce pas?

– Il ne faut jamais avancer une chose pareille! s'exclama Mme Mortimer. Pourquoi êtes-vous si certaine de ne jamais revenir?

– Pour la bonne raison que mes moyens financiers ne me le permettent pas, releva Jennifer d'un ton plein d'humour.

Les yeux noirs de sa visiteuse la scrutaient attentivement.

– Mais la vente de la villa va vous rapporter beaucoup d'argent...

– Bien sûr, si je la vends... si je la vends, répéta Jennifer qui n'aimait guère cette façon de toujours revenir au même sujet. Finalement, j'aurai peut-être de la peine à m'en séparer.

– C'est ridicule, voyons! Que feriez-vous de cette maison? L'entretien coûte une fortune!

Elle se mit à arpenter le salon de long en large et s'arrêta brusquement devant un grand vase chinois.

– Regardez ce vase. Il date de l'époque Ming. Et ces bijoux exposés en vitrine, en connaissez-vous la véritable valeur? Sans compter que cette villa regorge de la cave au grenier d'un bric à brac hétéroclite. A moins de recourir aux services d'un expert qui les évaluerait à leur juste prix, vous risquez de vous faire escroquer. En revanche si vous vendez le tout, c'est-à-dire la villa et ce qu'elle contient à quelqu'un prêt à vous en offrir un bon prix, vous réaliseriez une excellente opération...

– Mais qui pourrait me faire une telle offre, sans savoir exactement ce qu'il y a dans la maison? observa Jennifer, un peu méfiante.

Mme Mortimer haussa les épaules.

– Je parle d'un spécialiste, bien entendu.

Jennifer s'aperçut qu'elle n'avait rien offert à sa visiteuse.

– Voulez-vous une tasse de thé? Un café?

– Merci, je ne bois jamais de thé et le café n'est pas bon pour ma santé.

– Alors un jus de fruit, un apéritif?

Léah Mortimer secoua ses boucles noires et lui adressa un sourire éblouissant.

– Non merci, Jennifer. Je peux vous appeler par votre prénom, n'est-ce pas? Je ne peux pas rester, j'ai rendez-vous chez mon tailleur à cinq heures. Mais je tenais à ce que tout soit clair entre nous. Vous avez sans doute deviné que je suis prête à vous racheter la villa. Votre prix sera le mien.

Jennifer fronça les sourcils et examina attentivement sa visiteuse.

– Vraiment?

Elle s'en voulut de s'être montrée un peu brusque, mais Léah Mortimer mettrait sa réaction sur le compte de la stupéfaction.

Encore une fois, la jolie veuve eut un haussement d'épaules agacé.

– Je l'admets honnêtement, ce n'est pas parce que

cette maison me plaît; mais elle contient des collections rares que j'aimerais infiniment posséder.

Elle désigna du doigt les étagères où étaient exposés les objets les plus divers.

– Il y a tant de belles choses. Si vous m'autorisez à tout acheter sans passer par l'intermédiaire d'un commissaire-priseur, je saurai me montrer généreuse. Je vous signe un chèque tout de suite, si vous voulez...

Une lueur d'agacement se peignit dans les yeux bleus de Jennifer.

– Madame, je ne suis pas riche, mais j'ai tout de même de quoi vivre, répondit-elle avec calme.

– Une jeune et jolie femme a toujours besoin d'argent!

– Voyez-vous, la plupart de ces objets me plaisent à moi aussi, souligna Jennifer, décidée cette fois à ne rien vendre à cette femme. Ce sont des souvenirs de famille.

– Bien sûr, bien sûr, je comprends...

Mme Mortimer avait perdu son beau sourire à nouveau. Manifestement, l'entêtement de son hôtesse contrariait ses projets.

– Vous êtes une jeune femme moderne! Ces objets ne peuvent intéresser que des passionnés d'archéologie. Ce ne sont que des babioles ramassées dans des tombeaux!

Jennifer se mit à rire.

– Vous venez de me dire que leur valeur était inestimable! Vous ignorez une chose, Madame Mortimer : moi aussi je suis passionnée d'archéologie. Et j'ai ma petite idée du prix de ces objets.

Cette dernière affirmation n'était qu'un affreux mensonge, aussi reprit-elle précipitamment :

– Comme la déesse de l'amour, par exemple...

Léah Mortimer ne se troubla pas comme elle l'aurait souhaité. Au contraire, elle la regarda froidement.

– La déesse de l'amour? Je ne comprends pas. De quoi s'agit-il?

Un peu dépitée, Jennifer s'approcha du miroir devant lequel Mme Mortimer s'était admirée quelques instants plus tôt. Derrière elle, sa visiteuse se tenait droite, immobile, le visage inexpressif.

Bonne joueuse, Jennifer pirouetta sur elle-même et sourit.

– Je vais réfléchir à votre proposition. Dans une semaine, peut-être deux, je vous donnerai ma réponse. Vous comprenez, je ne veux pas me précipiter...

– Naturellement...

Léah lui tapota le bras avec affection.

– Prenez tout votre temps.

Les coins de ses lèvres se retroussèrent légèrement, découvrant une rangée de minuscules dents nacrées.

– Après tout... c'est vous qui portez l'enfant, n'est-ce pas...?

Jennifer fronça les sourcils.

– Portez l'enfant? Que voulez-vous dire?

– Vous êtes la seule et unique héritière d'Harriett Styles. Pour l'instant, vous ressentez une légitime fierté de propriétaire, mais bientôt vous serez heureuse de vendre, j'en suis sûre...

– C'est possible, répondit la jeune fille d'un ton évasif.

– Parfait! Vous verrez, nous nous entendrons très bien. Je sais me montrer généreuse. Nous deviendrons les meilleures amies du monde.

– Pour l'instant, fit remarquer la jeune fille, nous nous connaissons à peine...

L'expression de Mme Mortimer ne s'altéra point.

– Avant de repartir pour l'Angleterre, vous viendrez passer quelques jours chez moi, dans le désert. Je possède une grande villa, au sud de Louxor.

– Je serai ravie de m'y rendre, affirma Jennifer avec un enthousiasme feint.

– La première fois que vous voyez le désert, vous ressentez un véritable choc. Une impression enivrante d'évasion, de liberté... L'horizon est illimité. Vous qui êtes passionnée d'archéologie, vous serez comblée! Depuis plusieurs années, nous avons entrepris des fouilles dans la région et récemment nous avons exhumé une sépulture très intéressante, dont la visite vous fascinera.

Elle consulta rapidement sa montre.

– Mon Dieu, je suis en retard! Nous restons en contact, n'est-ce pas?

Elle partit aussitôt sans laisser à Jennifer le temps de lui demander par quel moyen elles « resteraient en contact »! Elle demeura seule dans le grand salon, encore imprégné du parfum capiteux de sa visiteuse. Son image se reflétait dans le grand miroir. Soudain, un doute germa dans son esprit : était-ce bien son reflet que la belle égyptienne regardait dans la glace? Un œil averti pouvait étudier attentivement, sans risquer d'être vu, le système de fermeture des vitrines et des coffres du salon, et en déduire le type de clé à utiliser pour les ouvrir...

Non, elle avait trop d'imagination. Elle voyait mal l'élégante et richissime Mme Mortimer jouer les cambrioleurs, en pleine nuit, imitant l'exemple de Crighton Bey! Et puis, à moins d'être une excellente actrice, elle paraissait sincèrement ignorer l'existence de la statuette. Un doute subsistait toutefois; Léah Mortimer était peut-être une excellente actrice...

Jennifer, songea-t-elle un matin en se réveillant, si tu n'avais pas tant de scrupules, tu serais bientôt une femme riche! Penser qu'au moins deux personnes étaient prêtes à lui offrir une somme considérable pour obtenir cette statuette lui donnait le vertige...

Pendant plusieurs jours, la jeune fille attendit encore, pleine d'espoir, une lettre, un signe de vie de Crighton Bey, puis, convaincue qu'il ne chercherait plus à la revoir, elle décida de ne plus penser à lui.

Grâce au concours du précieux Kalim, elle se procura sans difficulté l'adresse de Léah Mortimer. Mais dans la mesure où elle n'avait nullement l'intention de lui vendre sa maison, elle n'avait aucune raison de lui rendre visite. Or, un soir, elle reçut au courrier une lettre de la jolie veuve l'invitant le samedi suivant, chez elle, à un bal masqué. Les deux mots « déguisement obligatoire » étaient soulignés au feutre rouge.

Jennifer n'avait jamais participé à un bal costumé. Connaissant Léah Mortimer, les personnalités les plus en vue de la capitale se rendraient à son invitation. La jeune fille sourit. Elle pourrait toujours écrire à ses amis de Londres qu'elle fréquentait la haute société du Caire!

Durant la semaine, elle réfléchit à la tenue qu'elle porterait pour cette réception; il lui fallait acheter un déguisement. Les deux robes habillées qu'elle avait emportées avec elle étaient trop classiques.

En se promenant dans le centre du Caire, elle avait remarqué deux ou trois magasins très chics où elle trouverait peut-être ce qu'elle cherchait; un matin, bien décidée à faire des folies, elle poussa la porte d'une attrayante boutique de mode.

La vendeuse embrassa du regard la silhouette élancée de sa cliente, la délicatesse de ses poignets et de ses chevilles, la pureté de ce visage auréolé de boucles rousses et lui présenta aussitôt quelques-uns de ses plus jolis modèles. Une heure plus tard, Jennifer avait fait l'acquisition d'une ravissante robe du soir en crêpe de Chine noir et d'un tailleur en soie sauvage, en plus du costume qu'elle avait acheté pour la soirée. La vendeuse, qui connaissait Mme Mortimer de réputation, parut très impressionnée en apprenant que la jeune fille se rendait chez la plus célèbre beauté du Caire. Elle affirma à Jennifer que les soirées de Mme Mortimer étaient réputées pour leur élégance et leur extravagance, et qu'on en parlait souvent même dans les journaux. Seules des personnalités très en vogue – elle coula vers sa cliente un regard interrogateur – étaient invitées aux cocktails et aux dîners de cette belle dame. Si elle organisait un bal costumé, la presse locale en publierait des photos dès le lendemain.

Jennifer souriait en écoutant la vendeuse qui, intarissable, lui vantait les mérites de sa future hôtesse... Ce serait une soirée magnifique, Mme Mortimer dépensait des fortunes pour recevoir ses invités avec magnificence. Elle possédait un bateau-logement sur le Nil, une villa près de Louxor, et comptait parmi ses amis les artistes les plus fameux du pays.

Jennifer expliqua à la jeune femme que le déguisement était non seulement « souhaité » mais « obligatoire »; celle-ci l'observa attentivement, des pieds à la tête, puis son visage s'éclaira et elle s'éclipsa d'un air mystérieux vers l'arrière-boutique. Elle revint quelques instants plus tard en portant une ample pèlerine noire avec un capuchon rouge écarlate, appelé domino, et un loup de satin. Jennifer l'essaya sur-le-champ et la vendeuse, ravie, battit des mains : sa cliente était méconnaissable. Le capuchon masquait complètement sa chevelure flamboyante et le masque ne révélait que le bout de son nez, sa bouche et une partie de son front.

La jeune Anglaise quitta le magasin avec la promesse que ses vêtements retouchés seraient livrés le lendemain à la première heure. Elle se rendit ensuite chez un chausseur pour acheter des souliers assortis à son déguisement et fit l'acquisition d'adorables escarpins et d'une pochette ornée de perles noires. Sur le chemin du retour, elle s'arrêta chez le coiffeur et prit rendez-vous pour le jour suivant.

Ce fut seulement en arrivant à la villa qu'elle se rendit compte qu'elle avait vraiment fait des folies! Finalement, cette invitation revêtait pour elle plus d'importance qu'elle ne le prétendait...

Le soir même, Kalim, devinant sans doute son état d'exaltation, lui servit un délicieux souper aux chandelles. Il avait disposé sur la nappe en coton damassé deux chandeliers d'argent garnis de bougies rose pâle, des verres en cristal de Venise et des napperons de fine dentelle. Il avait poussé la délicatesse jusqu'à cueillir dans le jardin un petit bouquet de roses encore en boutons et les arranger dans un vase de porcelaine blanche.

Enfin, le samedi arriva... Vers sept heures, Jennifer entra dans sa chambre, prit la robe noire et la cape étalées sur le lit et s'y glissa en frissonnant. Elle vaporisa dans ses cheveux un peu de son eau de toilette préférée, aux délicates senteurs de verveine, et appliqua une touche de rouge brillant sur ses lèvres. L'effet était assez réussi. La robe noire, troublante, emprisonnait gracieusement son buste et s'évasait en larges plis à partir des hanches. En toute modestie, Jennifer était satisfaite de son apparence... Elle s'adressa un petit clin d'œil dans la glace avant de mettre le loup et de rabattre sur sa chevelure le domino écarlate.

Kalim, toujours exact, l'attendait au volant de la vieille Daimler. Elle s'installa sur le siège arrière et s'examina en souriant dans le rétroviseur. Le loup noir lui conférait un charme mystérieux qui lui plaisait beaucoup. Elle se prit à regretter le temps où les gens dissimulaient leurs visages sous des masques ou des voilettes...

L'horizon avait pris cette étrange teinte turquoise, presque verte, qui apparaissait chaque soir après le coucher du soleil. Il flottait dans l'air une odeur de poussière tiède mêlée au parfum des fleurs. Le long de la route bordée de palmiers qui menait chez Mme Mortimer étaient garées de nombreuses voitures, en file indienne. La lumière des lampadaires éclairait leurs carrosseries impeccables et leurs chromes scintillants. Devant un tel déploiement de luxe, Jennifer ressentit un léger pincement au cœur : elle avait peut-être eu tort d'accepter cette invitation... Elle s'en était pourtant fait une telle joie! Durant tout le trajet, elle s'était demandé si, par hasard, elle n'y rencontrerait pas Julius Crighton...

Car en dépit de ses fermes résolutions, elle ne parvenait pas à oublier le beau visage du fils de la Princesse Shaif. Elle devait admettre que cet homme la fascinait, même si elle l'avait d'abord pris pour un imposteur. Il était tellement séduisant, et si différent des êtres falots qu'elle côtoyait chaque jour à son bureau... Elle prit brusquement conscience de la modestie de ses moyens, de ses ambitions, elle, la petite secrétaire à la vie simple et régulière, et serra nerveusement sa pochette contre sa poitrine.

Elle regretta presque d'être venue et faillit demander à Kalim de rebrousser chemin, mais sa fierté l'emporta. Elle avait accepté l'invitation, plus question de faire marche arrière. D'ailleurs, Kalim avait déjà garé la voiture et s'apprêtait à l'aider à descendre du marchepied. Des groupes d'hommes et de femmes quittaient eux aussi leurs véhicules en se lançant des coups d'œil furtifs. Chacun cherchait à deviner qui se cachait sous les déguisements les plus fantaisistes.

Bien qu'elle ne fût connue de personne, Jennifer se sentait réconfortée par l'anonymat de son loup noir. Elle vit passer une Colombine au bras d'un gladiateur romain, des sorcières et des pachas, des gitanes et des pirates. Un haut-parleur extérieur diffusait un air à la mode. Jennifer fredonna quelques notes et gravit vivement le grand escalier. Arrivée sur le perron, elle se retourna pour admirer la somptueuse envolée de marches en marbre blanc.

Surgissant de toutes parts, une foule bigarrée entrait dans la villa et se dispersait joyeusement dans les différents salons du rez-de-chaussée. Jennifer avait beau écarquiller les yeux, elle n'apercevait pas son hôtesse. Elle demanda à une fausse mendiante aux vêtements artistiquement déchirés où étaient les toilettes, et s'y rendit pour arranger son domino et son loup. Ensuite, elle retourna près de la porte d'entrée, supposant que Léah Mortimer y recevait les nouveaux venus. Mais au bout de dix minutes, lasse de se faire bousculer par le flot ininterrompu des arrivants, elle se risqua à l'intérieur de la maison.

Apparemment, les invités connaissaient la géographie des lieux. Parfois un homme lui jetait un regard intrigué, puis se faufilait dans la foule à la recherche d'un ami travesti dans un costume qui le rendait méconnaissable.

La réception de Mme Mortimer ne démentait pas la réputation cosmopolite de la ville du Caire : on trouvait là des représentants de toutes les nationalités, du blond Scandinave à l'Africain le plus basané. Leur point de rencontre préféré semblait être le toit plat de la villa, aménagé en terrasse, d'où provenaient des bribes de musique, de fous rires et de verres entrechoqués. Rassemblant tout son courage, Jennifer se décida enfin à suivre le flot des invités vers le haut-lieu de la soirée. Là, sous le ciel de velours de la nuit égyptienne, des couples enlacés évoluaient au gré de la musique – langoureuse ou rythmée suivant les désirs d'un orchestre invisible, caché derrière des frondaisons de roses blanches et de jasmin. Hommes et femmes, vêtus de façon fantaisiste et originale, mais presque toujours luxueuse, paradaient un verre à la main, en s'adressant des compliments dans toutes les langues.

Derrière le bar, des serveurs à demi-nus, fardés comme au temps de l'Égypte ancienne, faisaient sauter des bouchons de champagne en dansant au rythme de la musique.

Tout ce petit monde était habillé de manière si extravagante que Jennifer, délicieuse dans sa cape noire et rouge, passait totalement inaperçue. En revanche, son isolement suscitait l'intérêt de nombreux hommes et de temps à autre, un regard brillant de désir plongeait dans le sien et s'y attardait un peu plus longtemps que nécessaire... Alors qu'elle se détournait d'un admirateur particulièrement brûlant, elle reconnut son hôtesse en la personne d'une superbe Cléopâtre, vêtue d'une sorte de fine cotte de mailles argentée, qui moulait son buste parfait. Le serpent royal d'Égypte, attaché à une résille dorée, s'enroulait dans ses boucles noires et lustrées. Appuyée contre un muret de pierres, elle bavardait en riant avec un homme déguisé en Pharaon. Au moment où elle levait son verre, elle reconnut Jennifer et agita malgré son masque dans sa direction sa jolie main baguée. Puis elle reposa son verre et s'approcha d'elle, de sa démarche ondulante et racée.

– Jennifer! Comme c'est gentil à vous d'être venue ce soir...

Malgré elle, Jennifer ne pouvait s'empêcher d'admirer la perfection de ce visage. Elle avait souligné ses paupières bombées d'un trait de khôl et appliqué sur ses lèvres pulpeuses un rouge à lèvres couleur coquelicot; ses hautes pommettes étaient également fardées d'un rouge vif et elle répandait autour d'elle un entêtant parfum au jasmin.

– C'est très gentil à vous de m'avoir invitée, répéta Jennifer, un peu agacée par la demi-heure qu'elle venait de passer seule dans son coin.

– C'est moi qui suis flattée, susurra Léah Mortimer, du bout des lèvres.

Elle regarda tout autour d'elle, les yeux plissés,

comme si elle passait chacun de ses invités en revue.

– A présent, nous devons vous présenter un chevalier servant... En qui pourrais-je avoir totalement confiance? Ah! J'ai trouvé!

Elle désigna, dans la pénombre, une silhouette masculine appuyée contre une colonnade où s'enroulaient des lianes de chèvrefeuille.

– Voilà l'homme qu'il vous faut! Julius! appela-t-elle de sa voix cristalline. Cher Julius, vous paraissez vous ennuyer, venez que je vous présente Miss Styles. Elle se sent un peu esseulée et je ne veux surtout pas que mes invités s'ennuient! Elle est si charmante, vous formerez un très beau couple...

Jennifer ne fut même pas surprise de constater que Julius Crighton, négligeant les consignes de leur hôtesse, avait dédaigné de se déguiser... Mais il dégageait bien plus de charme et de mystère que le pauvre garçon travesti en Pharaon qui accompagnait Mme Mortimer. Il portait un costume de soirée en lin blanc et sur le plastron de sa chemise scintillait un gros rubis. En revanche, la lueur qui brillait dans ses yeux n'était guère encourageante. Jennifer était certaine qu'il l'avait aperçue depuis longtemps sur la terrasse, sans même juger utile de venir à sa rencontre, jusqu'à ce que leur hôtesse lui fasse signe. Toutefois, il s'inclina très poliment devant les deux femmes.

– Nul besoin de nous présenter, Léah, je connais déjà Miss Styles...

Jennifer aurait été incapable de deviner si Léah

Mortimer était surprise ou non. Mais son instinct la prévenait que la jolie veuve n'était guère enchantée d'apprendre qu'ils se connaissaient déjà...

– Ah vraiment? Comme c'est charmant! s'exclama-t-elle, puis du bout de son éventail, elle tapota l'avant-bras du Bey.

– Je vois que vous ne perdez pas de temps, mon cher... Vos informateurs vous avaient bien renseigné...

– Miss Styles et moi-même sommes presque voisins, répliqua-t-il froidement.

Les yeux en amande de Léah Mortimer se plissèrent imperceptiblement.

– J'oubliais que vous étiez très lié à notre chère disparue. Vous aviez sans doute hâte de rencontrer son héritière...

Un sourire sardonique se peignit sur les lèvres de Crighton Bey.

– Je ne crois pas que Miss Styles soit la principale héritière de sa grand-tante. D'après mes « informateurs », la plus grande partie de sa fortune a été léguée aux œuvres de charité...

– Bien sûr! Comment avais-je pu l'oublier! s'écria Léah Mortimer, qui appréciait visiblement cette petite joute verbale. Excusez-nous, très chère, ajouta-t-elle en se tournant vers Jennifer, de parler de vous de cette façon, mais vous représentez pour nous une passionnante source de discussion!

Encore une fois, elle tapota le bras de son invité avec son éventail.

– Trêve de plaisanterie, Julius. Puisque vous

connaissez déjà Jennifer, pourquoi ne pas l'inviter à dîner? J'ai fait venir des plats chauds de chez le meilleur traiteur.

Elle lança à la jeune fille une œillade complice.

– Je vous appelle déjà par votre prénom! J'ai un point d'avance sur notre ami Crighton Bey!

Jennifer n'avait jamais autorisé la jeune veuve à l'appeler par son prénom, mais elle ne releva pas la remarque. Crighton Bey, qui commençait à s'impatienter, la prit galamment par le bras.

– M'autorisez-vous à vous inviter à dîner, Miss Styles?

Jennifer perçut aussitôt l'ironie de son ton, mais devant Léah Mortimer, elle n'avait d'autre solution que d'accepter. Leur hôtesse prit congé en leur souhaitant de bien s'amuser.

Dès qu'ils furent seuls, le Bey détailla sa compagne des pieds à la tête, car son domino écarlate avait glissé sur ses épaules, et s'enquit d'une voix glaciale :

– Que faites vous donc ici? Êtes-vous venue de votre plein gré?

– Quelle question! s'exclama Jennifer, stupéfaite.

Puis elle leva les yeux vers le visage grave, sérieux, et se sentit soudain bien moins sûre d'elle.

– Que... que voulez-vous dire? J'ai reçu une invitation!

– Vous n'étiez pas obligée de l'accepter...

La jeune fille ouvrit de grands yeux.

– Donnez-moi une raison valable de refuser une invitation! riposta-t-elle, vexée.

Il haussa les épaules.

– Il pourrait y avoir une raison, en effet. Mais là n'est pas la question. Je croyais que vous étiez venue au Caire pour régler la succession d'Harriett Styles, non pour fréquenter les soirées de la haute société.

– Les deux ne sont pas incompatibles, monsieur Crighton...

Pourquoi adoptait-il cette attitude distante, hautaine? Jennifer ne voyait qu'une seule explication : il ne lui pardonnait pas l'hostilité qu'elle lui avait manifestée dans le salon de thé, malgré la lettre d'excuse et la boîte de chocolats. Ravalant sa fierté, elle le décida d'expliquer encore une fois sa position.

– Écoutez, je suis sincèrement désolée de m'être comportée de façon injuste et de vous avoir dit des choses désagréables. Mais je ne savais pas qui vous étiez...

– Oubliez cela, dit-il en la prenant par le bras, descendons boire quelque chose au rez-de-chaussée. A votre place, j'ôterais ce loup! vous n'avez plus besoin de vous cacher. Je vous ai reconnue tout de suite.

– Dans ce cas, pourquoi n'êtes-vous pas venu me saluer? Vous saviez bien que je ne connaissais personne!

– Je n'aime guère les excès de politesse. Et puis, j'avais envie de vous regarder... Ce costume vous sied à ravir... Je ne sais pas si vous vous en êtes rendu compte, mais vous captiviez tous les regards masculins! Pour ma part, je vous trouvais tout aussi séduisante et mystérieuse l'autre nuit, dans votre joli kimono vert...

Jennifer sentit ses joues s'enflammer. Malgré tout, le compliment lui faisait plaisir. Inconsciemment peut-être, elle se rapprocha de lui et s'appuya un peu plus fort sur son bras, tandis qu'ils descendaient l'escalier de cèdre sculpté qui les menait vers la salle à manger. Crighton Bey lui présentait son profil très pur, aux narines un peu dédaigneuses, la courbe sensuelle de ses lèvres qui semblaient toujours sourire – ou se moquer des autres?...

– Vous savez, fit-elle en s'efforçant de maîtriser le tremblement de sa voix, je pense toujours à vous comme à un cambrioleur. Mon petit doigt me dit que depuis le début, vous mentez à propos de cette statuette. Et j'aimerais bien savoir pourquoi...

– Vous niez donc son existence?

– Absolument pas. J'ai même la preuve qu'elle existe. J'espérais bien vous rencontrer ce soir pour vous en parler.

La pression de la main de Julius s'accentua sur son bras. Elle crut l'entendre pousser une exclamation étouffée.

En entrant dans l'immense salle à manger, ils furent accueillis par un brouhaha de conversations, de rires, de tintements de cristal et de porcelaine. Les invités se pressaient autour d'un gigantesque buffet où toutes sortes de plats étaient dressés. Sur deux longues tables recouvertes de nappes blanches, ornées de bougeoirs d'étain et de bouquets de roses parfumées étaient disposés des plateaux d'argent garnis de saumon fumé, de caviar, d'aspics de volaille, de montagnes de fruits exotiques et de dattes fourrées. Le vin et l'alcool coulaient à profusion; quelques hommes paraissaient avoir beaucoup bu et se livraient à des plaisanteries grossières avec des gestes quelque peu déplacés. On lança à Jennifer des regards polissons et des propos égrillards. Exaspéré, le Bey l'entraîna à l'écart dans une sorte d'alcôve creusée dans les murs, éclairée par des bougies. A peine assis, il la pressa de questions, sans lui lâcher le bras.

– Que vouliez-vous me dire, au sujet de la statuette?

Son empressement agaçait Jennifer. Elle fronça les sourcils et le regarda d'un air pensif. Jusqu'à quel point pouvait-elle lui accorder sa confiance?

– Eh bien, répondez!

Ignorant la remarque, Jennifer, qui commençait à avoir soif, jeta un coup d'œil du côté du bar.

– J'aimerais un verre de limonade ou un jus de fruit, monsieur Crighton. Il fait vraiment très chaud vous ne trouvez pas?

– Dès que vous m'aurez donné quelques explications supplémentaires, j'irai vous chercher un rafraîchissement.

Il brillait dans son regard une lueur impatiente. Jennifer, troublée, se souvint de la lettre de sa tante : si la vieille dame faisait entièrement confiance à Crighton Bey, pourquoi se méfier de lui?

Elle s'appuya en soupirant contre le dossier de sa chaise.

– Très bien. Toutefois, je me permets de vous signaler que si nous étions restés en contact durant ces trois semaines, vous seriez au courant depuis longtemps... Voilà : M. Yusuf m'a remis une lettre que ma tante lui avait confiée, peu avant sa mort. En résumé, elle vous tenait en haute estime et m'assurait que je pouvais compter sur vous. Donc... La statuette est cachée dans un coffre, dans le grenier de la villa. J'ai trouvé ce coffre, mais je n'arrive pas à l'ouvrir. Je n'ai pas osé en parler à Kalim. J'attendais de vous voir.

La main de Julius se crispa nerveusement sur son poignet, puis il se détendit.

– C'est ridicule. Pourquoi n'avez-vous pas cherché à me contacter plus tôt? Il suffisait de m'envoyer un message... Enfin, le principal est de savoir où elle est. Êtes-vous certaine que la déesse se trouve bien à l'intérieur du coffre?

– Ma tante l'affirme clairement dans sa lettre...

– Personne d'autre que vous n'a pu la lire?

Il marqua une pause.

– On peut faire confiance à Yusuf... Il ne l'aura certainement pas ouverte.

Elle le dévisagea avec surprise.

– Vous insinuez... que le coffre pourrait être vide? Que quelqu'un aurait pu l'ouvrir? C'est impossible, voyons! Il est cerclé de fer et soigneusement cadenassé. Apparemment, la serrure n'a pas été touchée. D'ailleurs, je n'ai pas la clé.

– Il faut absolument la trouver!

– J'ai déjà cherché partout, dans tous les secrétaires, tous les tiroirs.

Crighton Bey hocha la tête.

– Je vais vous aider. Demain, je viendrai chez vous vers dix heures et nous fouillerons toute la maison.

Il n'ajouta pas « si vous êtes d'accord », mais la situation revêtait peut-être un caractère d'urgence et Jennifer décida de ne pas lui tenir rigueur de sa brusquerie.

Plus tard, il lui offrit un verre de jus de fruits de la passion, puis ils remontèrent sur la terrasse se mêler à la foule des invités. Julius l'invita une fois à danser, mais il paraissait très préoccupé. Lui d'ordinaire si bavard se montrait silencieux, distrait. Il ne l'invita pas pour un deuxième slow, ce que Jennifer regretta, car Julius était un merveilleux danseur...

Elle avait demandé à Kalim de venir la chercher vers minuit, ne sachant pas à quelle heure se terminait ce genre de réception, ni à partir de quel moment elle pouvait s'éclipser sans risquer de vexer son hôtesse. Finalement, il était près d'une heure du matin lorsqu'elle prit congé de Léah Mortimer. Celle-ci haussa les sourcils d'un air surpris.

– Comment? Vous partez déjà? Mais la soirée ne fait que commencer! Je n'ai pas l'intention de me coucher avant l'aube! Vous vous ennuyez donc tant?

– Non, pas du tout, bredouilla Jennifer, sentant la présence de Julius Crighton, qui l'observait, à quelques mètres de là.

Le regard de Mme Mortimer alla de l'un à l'autre, puis elle sourit.

– Vous devriez faire plus ample connaissance, tous

les deux. Vous avez des passions communes, l'archéologie, par exemple...

– Je ne suis pas le seul à partager ses goûts en matière d'antiquités égyptiennes, intervint le Bey en s'approchant d'un pas.

Une lueur amusée brilla dans les yeux noirs de la jeune veuve.

– Ce n'est guère surprenant, dans ce pays chargé d'histoire...

Après avoir salué quelques personnalités, le Bey raccompagna Jennifer jusqu'à la voiture. En refermant la portière, il lui glissa, à voix basse :

– A l'avenir, méfiez-vous de ce genre d'invitation. Vous avez tout votre temps pour vous faire de *vrais* amis...

Kalim mit en route la Daimler, avant que Jennifer ait pu lui demander une explication.

Le lendemain matin, Crighton Bey arriva, très ponctuel, à dix heures. Ils mirent la maison sans dessus-dessous pour trouver la clé du coffre, inspectant les tiroirs des secrétaires, des commodes, des bureaux, fouillant dans tous les papiers personnels d'Harriett Styles. En vain. La clé restait introuvable.

Munis d'un tournevis et d'un marteau, ils montèrent alors au grenier. Il régnait dans la grande pièce mansardée, éclairée par deux lucarnes, un fouillis indescriptible. On aurait dit le débarras d'un musée! On y apercevait pêle-mêle des chaises cassées, des tableaux couverts de poussière, des reproductions de statues en plâtre, des vieux tapis rongés aux mites, bref tout ce que l'on peut espérer trouver dans le grenier d'une vieille maison.

Crighton Bey dégagea le coffre, fit sauter les cerclages et crocheta la serrure à l'aide du tournevis.

Jennifer retint sa respiration. Le vieux couvercle de bois se souleva en grinçant et une forte odeur de musc et de naphtaline se répandit dans la pièce. Julius sortit plusieurs robes de dentelle jaunies par le temps, des pantoufles de satin déchirées, un chapeau à plumes, deux petits coffrets contenant des bijoux de pacotille, un album de photographies immortalisant George Styles devant ses chantiers de fouilles, et des vieux manuels scolaires datant du début du siècle. Jennifer sourit : sa tante devait être très conservatrice, ou bien très romantique...

Après avoir déballé tout le contenu du coffre sur le parquet, ils durent se rendre à l'évidence : la déesse de l'amour n'y était pas. Pourtant il y avait bien la robe de bal dans laquelle elle aurait dû être enveloppée...

Julius Crighton laissa retomber le couvercle et esquissa un sourire, qui ressemblait plutôt à une grimace.

– Trop tard... annonça-t-il d'un ton lugubre. Quelqu'un est passé avant nous!

4

Plus elle réfléchissait, plus Jennifer était perplexe. Quelqu'un s'était emparé de la déesse. Mais qui?

Léah Mortimer? Si elle désirait tant acheter la villa, c'est bien parce qu'elle était persuadée que la statuette s'y trouvait. Kalim? Impossible, ou du moins peu probable. D'autre part, pour quelle raison Harriett Styles n'avait-elle pas tout simplement placé la déesse à l'abri dans le coffre d'une banque?

Quant à Julius Crighton, sa surprise et sa déception n'étaient pas feintes. Elle regrettait de s'être montrée si soupçonneuse à son égard. Personnellement, elle se sentait assez peu concernée par la perte de cet objet qu'elle n'avait jamais vu, même s'il possédait une valeur considérable.

Crighton Bey refusa son invitation à déjeuner et quitta rapidement la villa, sans proposer de la revoir. Après son départ, elle se sentit terriblement déprimée, comme si un rêve secret venait d'être brutalement anéanti. C'était clair : il n'avait aucune intention de poursuivre avec Jennifer les relations d'amitié qu'il avait entretenues avec sa grand-tante.

Comment chasser le voile de tristesse qui s'abattait sur elle, sinon en quittant la maison? Elle eut brusquement envie d'inédit, d'aventure, de visiter ce grand pays dont elle ne connaissait jusqu'à présent que la capitale. Sa décision fut vite prise : dans le courant de l'après-midi, elle entra dans une agence de voyages, et réserva une cabine à bord d'un bateau à vapeur qui descendait le Nil jusqu'à Louxor. La croisière durait une quinzaine de jours, car une escale était prévue à chaque site archéologique important. Ainsi, elle pourrait visiter la Haute-Egypte et parfaire ses connaissances sur le fabuleux passé de ce pays. Par la même occasion, elle essaierait de se reposer avant de retrouver la vie trépidante de la capitale londonienne. Là-bas, elle ne s'échappait que très rarement pour respirer l'air pur de la campagne.

Ce voyage représentait une sorte de défi, une façon de se prouver qu'elle était capable de se débrouiller toute seule et surtout d'oublier Julius Crighton, dont le visage la hantait chaque nuit...

Elle ressortit pourtant de l'agence avec un curieux sentiment d'insatisfaction. Elle s'installa à la terrasse d'un café et, tout en buvant un thé à la menthe, elle réfléchit à sa situation. Bien sûr, il y avait la pensée rassurante d'hériter d'ici peu d'une coquette somme d'argent, qui lui permettrait de vivre quelque temps sans souci et sans avoir besoin de compter sur quelqu'un du point de vue financier. Mais ici, au Caire, depuis sa rencontre avec Crighton Bey, elle avait l'impression d'avoir goûté à un fruit défendu et caressé un rêve qui ne se matérialiserait jamais. Si on lui demandait à brûle-pourpoint ce qu'elle attendait d'une relation avec cet homme, elle aurait été bien incapable de répondre.

Non seulement il était fils de princesse, mais il avait une dizaine d'années de plus qu'elle et il appartenait à un monde tout à fait différent... Donc il valait mieux pour elle l'oublier tout de suite et s'amuser coûte que coûte.

Deux jours lus tard, elle fit sa valise et partit à l'embarcadère, à l'heure où le crépuscule tombait sur le Nil. Une brume verte flottait sur les méandres du fleuve. Celui-ci, large et immobile, reflétait la voûte céleste parsemée de quelques rares étoiles, car il était encore tôt. Un mince croissant de lune, comme suspendu entre ciel et terre par un fil invisible, éclairait à peine les passagers qui ne cessaient d'affluer à bord du bateau. On voyait leurs silhouettes traverser la passerelle puis monter sur le pont avant de se disperser, à la recherche de leurs cabines respectives.

Jennifer entra dans la sienne, défit ses bagages et les rangea soigneusement dans la minuscule armoire, puis elle sortit sur le pont supérieur pour contempler les dernières lueurs rose-orangé du coucher de soleil et regarder les retardataires monter à bord en courant.

Une demi-heure plus tard, la sirène poussa un long mugissement et le steamer s'ébranla. L'heure du dîner approchait. Jennifer descendit dans la sàlle à manger et découvrit qu'on lui avait alloué une table isolée, tout au fond de la salle. On lui servit un repas délicieux, composé de brochettes d'agneau présentées sur un lit de feuilles de coriandre fraîches, d'une purée d'aubergines cuites au four assaisonnées d'un filet de citron et d'un appétissant gâteau de riz à la noix de coco.

Elle resta longtemps à déguster son café, en observant les autres passagers, pour la plupart des Américains ou des Anglo-saxons fortunés. A travers la grande baie vitrée, elle voyait défiler au ralenti les berges de sable blanc bordées par de grands palmiers, ombres fantomatiques argentées par la lune... Une myriade d'étoiles scintillait dans le ciel sans nuage. Son rêve était devenu réalité.

Plus tard dans la soirée, le bateau s'ancra au milieu du fleuve, loin des mouches et des moustiques qui bourdonnaient sur le rivage. Aucun bruit ne vint les déranger, hormis le clapotis de l'eau sur la coque, et Jennifer s'endormit comme un bébé. Elle ne se réveilla qu'au petit matin, pour apercevoir un merveilleux lever de soleil, aux délicates nuances rose-ivoire. Tout d'abord, elle ne se souvint plus exactement où elle était, puis elle se sourit à elle-même dans le miroir accroché au mur, s'étira et poussa un profond soupir de satisfaction.

Elle s'habilla et descendit dans la salle à manger pour prendre son petit déjeuner, à la même table que la veille; puis elle monta sur le pont supérieur et s'installa dans une confortable chaise longue, pour mieux profiter du paysage.

Vers 11 heures, le steamer mouilla l'ancre et les

passagers descendirent à terre, précédés par le guide, un Égyptien d'une cinquantaine d'années, au regard vif et à la moustache conquérante. Ils visitèrent un temple romain et le guide leur fit un résumé clair et concis de l'occupation romaine en Égypte.

Le jour suivant, ils passèrent la journée à terre. Ils traversèrent des villages aux maisons de boue séchée où les femmes tissaient d'amples vêtements. Dans les champs, les paysans labouraient la terre, courbés sur des charrues tirées par deux vaches. Jennifer ne quittait pas le guide, dont l'étendue des connaissances la fascinait. Il lui apprit que la première partie de la croisière n'était pas la plus intéressante, et qu'elle ne serait pas déçue par la fin du voyage.

Le quatrième jour, la petite troupe de touristes armés d'appareils photo, de caméras, protégés par des lunettes de soleil et d'une crème contre les moustiques, fit sa première promenade à dos d'âne, pour aller visiter les tombeaux de Pharaons de la onzième dynastie. Tenir sur le dos d'un âne était en soi toute une aventure! Jennifer en ressentit les douloureuses conséquences pendant plusieurs jours...

A chaque fois qu'ils mettaient pied à terre, des nuées d'enfants et d'adolescents surgis de nulle part les assaillaient en réclamant tout ce que les touristes étaient susceptibles de leur offrir, bonbons, cigarettes, pièces de monnaie... Le soir, ils les escortaient bruyamment jusqu'au bateau. Plusieurs passagers qui avaient déjà effectué un voyage au Moyen-Orient, savaient comment se débrouiller dans ce genre de situation.

Un matin, Jennifer fut « sauvée » par un jeune homme qui ne la quittait pas des yeux depuis le début de la croisière. Ils engagèrent la conversation; c'était un jeune Américain, parti seul faire le tour du monde. Il s'appelait Martin Allerton.

– Mais tous mes amis m'appellent Marty! ajouta-t-il en riant.

Jennifer le trouva aussitôt très sympathique, avec ses taches de rousseur, son sourire juvénile, ses cheveux bouclés et ses yeux bleus candides. Il respirait la fraîcheur et la bonne santé.

De retour au bateau, ils prirent le thé ensemble, dans le grand salon vitré d'où ils pouvaient regarder le Nil se dérouler dans toute sa magnificence. Le soir Martin Allerton invita la jeune fille à venir dîner à sa table. Pour l'occasion, elle revêtit une robe bleu myosotis – la couleur de ses yeux – et releva ses boucles rousses en un petit chignon qui mettait en valeur son cou gracieux. Pendant tout le repas, le jeune homme la couva du regard.

Mise en confiance par sa chaleur et sa simplicité, Jennifer lui parla de l'héritage de sa tante et lui décrivit la villa en détail. Martin Allerton l'écoutait, les yeux brillants. Lorsqu'elle évoqua la disparition de la statuette, il prit l'air sérieux d'un détective privé prêtant l'oreille à un nouveau client.

– Il est évident que la villa a été cambriolée après votre arrivée au Caire; ou bien votre tante aura été victime d'un vol peu de temps avant sa mort, conclut-il après qu'elle lui eut tout expliqué. Vous savez, je viens de passer un mois dans la capitale, et, sans l'avoir jamais rencontrée, j'ai entendu parler de Mme Mortimer. Elle est très belle, dit-on... Crighton Bey lui aussi est une célébrité. C'est un grand collectionneur. Vous prétendez qu'il s'est introduit une nuit dans la villa? C'est étonnant...

– C'est pourtant la vérité.

A présent, Jennifer regrettait de s'être livrée aussi facilement à un inconnu, mais elle pouvait difficilement faire machine arrière et Martin Allerton la pressait de questions.

– Il m'a juré qu'il voulait s'assurer que la statuette était en sûreté.

Le jeune Américain fronça les sourcils.

– Elle était peut-être en sûreté *avant* qu'il n'entre chez vous...

Jennifer releva vivement la tête.

– Vous êtes fou! Julius Crighton n'a pas pu la voler! affirma-t-elle d'un ton convaincu. C'est impossible.

– Comment pouvez-vous en être aussi certaine?

– Je... je ne sais pas. Mais connaissant M. Crighton, je peux vous affirmer qu'il est incapable de voler quoi que ce soit.

Marty se mordilla la lèvre inférieure.

– Ne vous fâchez pas. Votre tante disait dans sa lettre qu'elle avait confiance en lui; elle avait probablement de bonnes raisons. Mais vous, vous défendez avec beaucoup d'ardeur un homme que vous connaissez assez peu... Seriez-vous amoureuse de lui, par hasard?

Jennifer jugea plus prudent de ne pas répondre et

de changer de sujet de conversation. Elle regrettait même d'avoir mentionné le nom de Julius Crighton, car à présent un doute – oh, très léger – s'insinuait en elle et flottait autour du beau visage du Bey...

Martin Allerton la regarda pensivement, puis comprenant que sa compagne désirait parler d'autre chose, se lança dans un long discours, sur l'art de l'Égypte ancienne. Une heure et demie plus tard, ils discutaient toujours avec animation de leur thème favori. Le jeune Américain possédait à fond son sujet et Jennifer apprit énormément de choses sur la lignée des Pharaons qui débuta avec les rois de la première dynastie et continua pendant quatre mille ans jusqu'à la conquête de l'Égypte par les Romains.

La visite du lendemain étant celle de la nécropole du roi Akhénaton, époux de Néfertiti, Martin Allerton décrivit en détail à la jeune fille la vie sous le règne de ce souverain, afin qu'elle profite vraiment de l'excursion. Ils sortirent sur le pont-promenade pour s'aérer un peu. Jennifer prêtait à son compagnon une oreille attentive, tout en admirant la nuit étoilée et le grand fleuve silencieux qui coulait sous eux. Ils se séparèrent au petit jour, bien après que la lune se fut couchée pour céder la place aux premières lueurs de l'aube.

Le lendemain matin, la mine un peu défaite, ils se retrouvèrent côte à côte, juchés sur deux ânes qui trottinaient allègrement, loin devant le groupe de touristes agglutinés autour du guide. Jennifer se faisait une fête de cette visite, en dépit d'une légère migraine et d'une douleur persistante dans la région lombaire! C'était hélas compter sans la difficulté de traverser un désert de sable écrasé de soleil. Et lorsque Martin Allerton suggéra de laisser passer la « foule », c'est-à-dire les autres passagers, les âniers et la grappe d'enfants qui les suivaient, pour flâner un peu en arrière, elle refusa énergiquement et fit faire demi-tour à son âne pour rejoindre leurs compagnons.

Le tombeau du prédécesseur de Toutankhamon ne contenait que peu de vestiges, car le sarcophage et la momie du Pharaon avaient été transférés au Musée du Caire. A peine entrée dans la nécropole, Jennifer fut prise d'une sensation d'étouffement, d'angoisse. Elle ne put même pas admirer à leur juste valeur les étonnantes fresques murales, tant l'atmosphère lugubre de l'endroit l'affectait. Elle préférait finalement l'écrasante chaleur du soleil à la sinistre pénombre du tombeau.

Et le programme de la croisière prévoyait plusieurs visites de sépultures! Elle tenta de se raisonner. Ce n'était qu'une question d'habitude, d'ici un jour ou deux, elle s'accoutumerait à ce silence et à ce froid qui la glaçaient jusqu'à la moelle des os... A la dérobée, elle observa Martin Allerton : tout à la joie de la découverte, il ne paraissait nullement impressionné par l'étrangeté du lieu. D'ailleurs, il voulut la retenir plus longtemps dans la chambre mortuaire, pour lui commenter les peintures murales, mais Jennifer bredouilla quelques mots d'excuse et, sans terminer la visite, se glissa parmi un groupe de touristes hollandais qui sortaient du tombeau.

Dehors, même sous le soleil brûlant, elle frissonnait encore... Soudain, une voix derrière elle la fit sursauter. La jeune fille pivota sur elle-même, frappée de stupeur.

– Vous faites une drôle de tête! Auriez-vous vu un fantôme, par hasard, ou une momie...?

Jennifer n'en croyait pas ses yeux. Julius Crighton se tenait debout devant elle, les bras croisés, en chemise et en short kaki, une écharpe de soie blanche négligemment nouée autour du cou. Il remarqua aussitôt la pâleur de sa compagne.

– Vous n'aimez pas ce genre d'endroit, il me semble... Pourquoi diable vous être lancée dans pareille aventure, si vous n'êtes pas capable d'entrer dans un tombeau sans vous évanouir?

– J'ai le droit de faire du tourisme, comme tout le monde, répliqua-t-elle, piquée au vif.

A chaque fois qu'elle rencontrait cet homme, elle ressentait contre lui une vive agressivité : pourquoi était-il si beau, si parfait, si sûr de lui? Au soleil, ses cheveux noirs prenaient des reflets bleutés...

– A propos, je ne me rappelle pas vous avoir vu sur le bateau depuis le départ du Caire. Comment m'avez-vous retrouvée? Vous m'espionnez?

Ses yeux bleus étincelaient. Julius Crighton se mit à rire doucement. Il paraissait beaucoup s'amuser de la voir en colère!

– Calmez-vous. N'ayez crainte, je ne me mêlerai pas à votre petite équipée. J'accomplis un voyage solitaire. Dites-mois, vous paraissez avoir un guide très attentionné – je ne parle pas du guide officiel...

Je l'ai écouté décrire les fresques tout à l'heure. Quel érudit! Il doit passer ses nuits plongé dans des livres pour mieux vous impressionner le lendemain...

Elle l'aurait giflé! De quel droit se permettait-il de juger ainsi les gens, avec ses airs supérieurs?

– M. Allerton est passionné d'archéologie, et il aime faire partager ses connaissances!

– Vous trembliez comme une feuille en sortant de l'hypogée. Lorsque vous m'avez aperçu, vous m'avez pris pour la réincarnation du Pharaon!

– Ne soyez pas ridicule! s'exclama-t-elle en s'avançant vers l'endroit où étaient attachés son âne et celui de Marty.

Il la suivit et la rejoignit au moment où elle se hissait maladroitement sur sa selle. Elle était vexée qu'il la voie ainsi à son désavantage, d'autant plus qu'il ne la quittait pas des yeux, sans pour autant lui proposer de l'aider.

– A propos, dit-il brusquement, aimez-vous vraiment les voyages organisés? Je sais que vous avez l'archéologie dans le sang, mais descendre le Nil en compagnie d'une troupe de touristes ignorants n'est pas la meilleure façon de découvrir l'Égypte...

– Proposez-moi une autre solution, répliqua-t-elle froidement en réajustant la bandoulière de son sac sur son épaule.

Il eut un sourire énigmatique.

– Pourquoi pas... Mais je ne veux pas contrarier vos projets.

– J'attends votre proposition, le défia-t-elle en souriant. A mon arrivée à Louxor, je n'ai pas de programme précis.

Il la dévisagea avec circonspection, comme s'il cherchait à deviner ce qu'elle pensait.

– Vous prendrez une chambre d'hôtel pour quelques jours, vous visiterez les magasins d'antiquités et vous ferez une excursion dans la Vallée des Rois. La vente de deux ou trois bibelots vous remboursera les frais de séjour. Ensuite retour au Caire et direction l'Angleterre!

– Seriez-vous par hasard pressé de me voir partir? ironisa-t-elle.

Il haussa les épaules.

– Chère Miss Styles, vous êtes une jeune fille moderne. Vous prenez vous-même vos décisions, d'ailleurs, vous ne manquez pas de me le rappeler à la moindre occasion...

– Si vous avez une offre plus intéressante à me proposer, je suis prête à vous écouter...

Elle s'interrompit en apercevant au loin le jeune Américain qui s'approchait d'eux à grandes enjambées. Malgré la distance, elle distingua sa mine renfrognée. Il avait dû la chercher partout! Jennifer se pencha vers Crighton Bey et lui demanda, très vite :

– Vous n'avez pas répondu à ma première question : si vous ne me suiviez pas à la trace, que faites-vous donc ici?

Le regard de son compagnon se fit glacial.

– Je vous répète que je ne vous suis pas. J'ai des raisons parfaitement légitimes de me trouver ici.

– Ah! Et lesquelles?

– Je possède une maison à quelques kilomètres, et

je m'y rendais précisément, lorsque je vous ai aperçue au milieu de ce groupe de touristes.

– C'est vrai? Alors, vous devez être voisin de Mme Mortimer. Elle m'a dit qu'elle avait une villa dans les environs de Louxor.

Crighton Bey eut un sourire amusé.

– Nos propriétés sont relativement proches, en effet, ce qui ne signifie pas que nous nous voyons tous les jours. Les distances sont assez considérables dans le désert, vous savez. Nous nous rencontrons assez rarement, en définitive.

Il avait remarqué lui aussi le jeune Américain qui se hâtait vers eux, en jetant à Jennifer des regards mécontents.

– Ce garçon vous cherche, on dirait, ajouta-t-il d'un ton ironique. Tout me porte à penser que vous avez déjà fait une conquête! Oh, je tenais à vous dire encore une chose avant qu'il arrive : ne mentionnez sous aucun prétexte vos problèmes d'héritage à quiconque!

Jennifer n'osa pas lui avouer qu'hélas, c'était déjà chose faite...

– Si vous vous ennuyez en arrivant à Louxor, prévenez-moi. Confiez un message au portier de votre hôtel, il se fera un plaisir de me l'apporter. Maintenant je vais disparaître avant que vous ne soyez obligée de me présenter à votre chevalier servant – c'est sûrement un Américain, à en juger par son accoutrement!

Il s'évanouit entre deux gros blocs de pierre à l'instant précis où Martin Allerton arrivait tout essoufflé, près de la jeune fille. Le jeune homme regarda autour de lui d'un air perplexe : la colline était déserte et silencieuse. Même Jennifer crut avoir rêvé...

Marty monta en grommelant sur son âne.

– Qui était cet homme? demanda-t-il d'un ton maussade. Pourquoi a-t-il disparu aussi soudainement? Je l'ai fait fuir?

Jennifer se mit à rire et posa gentiment la main sur son bras.

– Ne vous inquiétez pas. Il s'agissait de Julius Crighton, dont nous avons déjà parlé.

– Que faisait-il ici? reprit le jeune homme, étonné.

– Franchement, je ne sais pas.

– Apparemment, il avait beaucoup de choses à vous raconter. De loin, vous paraissiez discuter avec animation. A-t-il l'intention de terminer la croisière avec nous?

La jeune fille esquissa une grimace. Elle n'imaginait pas le Bey se fondant dans la foule des touristes! Elle avait l'impression de l'entendre parler, d'un ton dédaigneux, de ces gens qui « faisaient » l'Égypte pour pouvoir épater leurs voisins à leur retour!

Martin Allerton ne comprit pas pourquoi sa compagne riait. Comme elle ne semblait pas disposée à lui donner de plus amples explications, il se renfrogna.

– Je trouve tout de même bizarre qu'il disparaisse ainsi au milieu des dunes! s'exclama-t-il en faisant claquer ses doigts. Vous avez vu? On aurait dit qu'il posait pour vanter les avantages du costume colonial! Une vraie gravure de mode! Il doit voyager avec un valet de chambre qui repasse ses chemises deux fois par jour!

Il mit sa main devant ses yeux pour se protéger du soleil brûlant et scruta le désert dans toutes les directions.

– Je ne vois rien. A des kilomètres à la ronde il n'y a que du sable et les rares hôtels sont fréquentés par les puces et les punaises.

Bien trop occupée à essayer de faire avancer son âne qui avait une fâcheuse tendance à vouloir reculer, Jennifer ne répondit pas. Mais elle se sentait de bien meilleure humeur; sa brève rencontre avec Julius Crighton lui avait fait oublier le silence glacé du tombeau. Sa nervosité, son angoisse s'étaient miraculeusement dissipées, comme si l'arrivée du Bey avait levé le maléfice. Mais elle n'avait pas envie de parler de Julius avec Martin Allerton et préféra dévier la conversation sur la soirée à venir. En effet, il y aurait un bal à bord, le soir même, et Jennifer avait décidé de mettre la robe qu'elle avait portée chez Léah Mortimer, sans la cape ni le domino.

Danser sous le ciel étoilé, avec le Nil sombre et mystérieux éclairé par la lune... Une merveilleuse soirée en perspective, si seulement Martin acceptait de comprendre qu'il ne devait pas aller trop loin avec elle, au risque de tout gâcher.

Malheureusement, ses craintes se révélèrent justifiées : le jeune Américain se montra par trop entreprenant et la soirée fut gâchée! Pourtant, Martin était un homme charmant, courtois et d'une compagnie fort agréable. C'était bien là le problème! Ayant appris à le connaître, Jennifer se doutait qu'il ne tarderait pas à lui faire des propositions sérieuses. N'ayant pas la moindre intention d'accepter une liaison avec lui, elle devait s'en expliquer avec tact, pour ne pas le peiner.

Un point, toutefois, la tracassait : pourquoi était-elle aussi certaine qu'il ne se passerait rien de sérieux entre elle et Martin Allerton? Il n'y avait pourtant aucun homme dans sa vie... Aucun homme? Allons, Jennifer, ne mens pas, lui murmura une petite voix. Cette bouche aux lèvres fermes et sensuelles, ces yeux noirs et brillants, ce regard plein de feu qui te hantent chaque nuit... Ils appartiennent au fils d'une princesse égyptienne...

La fin de la croisière jusqu'à Louxor se déroula dans une atmosphère calme et détendue, agrémentée d'excursions à terre pour visiter les sites archéologiques les plus connus. Le guide se faisait toujours un plaisir de donner à Jennifer toutes les informations qu'elle désirait, car elle était de loin sa cliente préférée. Le dernier jour du voyage il lui jura qu'il ne l'oublierait jamais.

La jeune fille eut beaucoup de mal à convaincre Martin Allerton de lui dire adieu, lorsque le moment fut venu de se séparer... Le bateau s'était ancré à Louxor et repartait presque immédiatement pour Le Caire avec de nouveaux passagers. Le jeune Américain ayant réservé une chambre au Grand Palace, il fut aisé à Jennifer de lui expliquer que ses moyens ne lui permettaient pas de faire des folies.

– Ma chérie, nous nous reverrons, j'en suis sûr, murmura-t-il en la serrant dans ses bras. Très bientôt, qui sait? J'arriverai à vous persuader de descendre au Grand Palace. C'est le seul hôtel convenable!

Jennifer sourit.

– De votre point de vue peut-être, mais pas du mien! Mon porte-monnaie ferait grise mine en voyant la note!

Martin fronça les sourcils.

– Si seulement vous pouviez découvrir cette statuette... Adieu les soucis financiers!

La jeune fille éclata de rire.

– Oui, mais pour l'instant, elle s'est évaporée!

A cet instant, elle vit un taxi longer le quai et le héla précipitamment. Le chauffeur prit ses bagages, les déposa dans le coffre puis se remit au volant et démarra en trombe, devant le jeune homme éberlué.

Jennifer se pencha par-dessus l'épaule du chauffeur.

– S'il vous plaît, pourriez-vous me déposer devant un hôtel pas trop cher?

L'homme ne parut pas l'entendre. Il ne comprenait peut-être pas l'anglais? Elle se laissa retomber sur la banquette et haussa les épaules. Le chauffeur avait sans doute l'habitude de conduire directement ses clients à l'hôtel qu'il supposait convenir à leur bourse. Elle se plongea dans la contemplation du paysage, admirant au loin les montagnes lybiennes qui barraient l'horizon.

Mais lorsque le taxi s'arrêta, quelques minutes plus tard devant l'hôtel, elle vit aussitôt les deux mots « Grand Palace » se découper en lettres blanches sur la façade. Avant d'expliquer au conducteur qu'il avait dû se tromper, elle prit le temps de regarder tout autour d'elle. L'hôtel était bâti dans une oasis de verdure qui reposait la vue du voyageur lassé des sables du désert. Ses fenêtres donnaient sur des massifs fleuris et des pelouses d'un vert printanier.

Le chauffeur faisant sans doute erreur sur la personnalité de sa cliente, sortit les valises du coffre et les porta jusqu'à la réception. Jennifer se précipita derrière lui en protestant mais déjà le chasseur avec un large sourire, la priait d'entrer.

– Miss Styles? s'enquit un jeune homme aux cheveux lisses, en s'inclinant cérémonieusement derrière le bureau, Miss Jennifer Styles? Votre chambre est retenue.

La jeune fille ouvrit de grands yeux.

– Mais... Je crains qu'il y ait une erreur! Je n'ai pas réservé!

– Non, non, il n'y a pas d'erreur.

Il tendit la clé au porteur et, avec un grand sourire, présenta à Jennifer une petite enveloppe.

– On m'a prié de vous remettre ceci.

Après une seconde d'hésitation, elle déchira l'enveloppe. A l'intérieur, elle découvrit un bristol blanc, couvert d'une écriture élégante.

– « Chère Miss Styles, ne m'en veuillez pas si j'ai pris la liberté de vous réserver une chambre pour la nuit. J'espère que vous vous y plairez. Demain à onze heures, mon chauffeur viendra vous chercher et vous emmènera chez moi. Rappelez-vous que je vous avais invitée à venir passer quelques jours dans ma villa. Amicalement, Léah Mortimer. »

Jennifer relut la lettre à plusieurs reprises, puis elle s'aperçut qu'elle n'avait pas payé la course et partit régler le chauffeur. En revenant, son regard croisa celui du réceptionniste. Celui-ci garda une expression impénétrable.

– Votre chambre est au premier étage, Miss Styles.

Après une nuit passée dans une suite de rêve, Jennifer se leva pour se prélasser dans un bain mousseux et parfumé. Puis elle passa un pantalon et un corsage en voile de coton blanc, car la journée promettait d'être chaude. A onze heures précises, un chauffeur en livrée vint la chercher au volant d'une superbe Rolls-Royce. La jeune fille quitta le Grand Palace, sans savoir qu'elle se lançait dans une étrange aventure...

Au loin, les cimes des montagnes libyennes étaient encore noyées dans une brume dorée. Ils laissèrent derrière eux le Nil et ses gracieuses felouques, les temples de Louxor et de Karnak, le plus grand monument de l'Égypte pharaonique, la Vallée des Rois et ses fabuleuses sépultures, et, émergeant de la brume de chaleur, les deux gigantesques silhouettes assises des colosses de Memnon. Ensuite la route devenait plus difficile; elle sinuait entre d'énormes blocs de pierres, disparaissant parfois sous une épaisse couche de sable. Une pellicule de poussière blanche recouvrait l'extérieur de la Rolls. A chaque instant, Jennifer se demandait s'ils n'allaient pas s'enliser.

Apparemment, le chauffeur ne partageait pas ses craintes; il connaissait certainement le chemin par cœur et conduisait, nullement troublé, avec une habileté et une aisance qui dissipèrent peu à peu la frayeur de sa passagère. Bientôt la route disparut à peu près complètement sous le sable.

Durant le trajet, qui dura plus d'une heure, ils n'échangèrent pas une seule parole. Le chauffeur lui présentait un dos rigide et un profil indéchiffrable. Jennifer en conclut qu'il n'était décidément pas bavard ou bien alors qu'il lui avait été formellement interdit d'entrer en contact avec elle. Une fois ou deux, elle fut tentée de lui demander s'ils étaient encore loin de la villa, mais la vue de ce dos impassible, presque hostile l'en dissuada, quoiqu'il n'y eût rien de honteux à poser des questions sur sa destination lorsque l'on roulait en plein milieu du désert!

Soudain, la Rolls-Royce ralentit : à une dizaine de mètres de là, une majestueuse muraille leur barrait le passage. Jennifer comprit qu'ils étaient arrivés. La voiture qui s'était frayé un chemin difficile sur la piste pendant le dernier kilomètre, s'arrêta devant un solide portail voûté à doubles battants. Jennifer admira les portes en bronze délicatement ouvragé, que la rigueur du soleil et des intempéries avaient quelque peu endommagé. Un judas grillagé s'entrouvrit en grinçant et ils virent deux yeux brillants les observer; le judas se referma aussitôt. Les deux battants du portail tournèrent silencieusement sur leurs gonds; la Rolls-Royce passa sous l'arche sculptée dans la pierre et pénétra dans une grande cour écrasée de soleil.

Le chauffeur sortit de la voiture et échangea quelques mots en arabe avec un homme qui portait une grande djellabah blanche et un petit bonnet rouge cylindrique, appelé *tarbouche*. Celui-ci, après avoir refermé le lourd portail, s'approcha de la voiture et ouvrit la portière arrière avec déférence. Jennifer le remercia et descendit du véhicule, complètement courbatue. Les moelleuses suspensions de la Rolls-Royce n'avaient pu amortir les innombrables cahots de la piste!

Il régnait dans cette cour déserte une chaleur torride; la jeune fille cligna des yeux, aveuglée par la lumière éclatante. Malgré ses vêtements ultra-légers, elle avait la sensation d'être engoncée sous plusieurs épaisseurs de lainage, tant la chaleur était étouffante. Elle regretta surtout de ne pas avoir emporté de chapeau. L'homme en djellabah lui fit un signe discret.

– Par ici, Miss.

Il poussa une porte en bois ajouré, révélant aux yeux éblouis de la visiteuse une cour fraîche et ombragée, pavée d'une mosaïque aux arabesques compliquées. Jennifer s'arrêta pour admirer la cascade pourpre d'une bougainvillée qui couvrait tout un pan de mur. Au centre de la cour, l'eau jaillissait d'une fontaine et retombait en courbes gracieuses dans de petits verres prévus à l'intention du visiteur assoiffé. Un hibiscus écarlate et un poinsettia flamboyant rivalisaient de splendeur avec la bougainvillée; dans un angle, une tonnelle de rosiers grimpants, palissés avec soin, abritait une table et quelques chaises en rotin. Dans un bassin entouré de fougères et de plantes aquatiques, évoluaient des poissons argentés qui venaient paresseusement gober les moustiques à la surface de l'eau. Jennifer eut à peine le temps de les observer, car déjà l'homme poussait une deuxième porte et s'effaçait pour la laisser passer. La jeune fille étouffa une exclamation : orangers et citronniers offraient leurs globes dorés, suspendus comme des lampions au milieu d'un feuillage vert foncé et luisant. Des tourterelles blanches voletaient de branche en branche, dans l'air immobile. Le paradis terrestre, songea Jennifer, enchantée...

A l'abri derrière les arbres, se dissimulait une piscine en marbre rose entourée de colonnes d'albâtre. Au centre, un jet d'eau s'élevait très haut vers le ciel et redescendait en arc gracieux, irisé par les rayons du soleil. Elle s'assit sur un banc en pierre et regarda le bleu du ciel se refléter dans l'eau.

– C'est incroyable, on dirait le Palais des Mille et une Nuits, s'exclama-t-elle.

– Vous me flattez, fit soudain une voix familière.

Elle leva vivement la tête et vit apparaître la

silhouette de Crighton Bey, entre deux orangers.

– Mais... que faites-vous ici? bredouilla la jeune fille, stupéfaite. Mme Mortimer vous a également invité? ajouta-t-elle, voyant là l'unique explication de sa présence.

Il secoua la tête.

– Non. Comme je vous l'ai dit, nous sommes peut-être voisins, mais nous nous rendons rarement visite. Je ne tiens pas à ce que cela devienne une habitude.

– Je prendrais volontiers l'habitude de venir la voir dans un endroit aussi merveilleux, murmura Jennifer, rêveuse.

– Je suis heureux que cette maison vous plaise, dit-il en avançant d'un pas. Le voyage n'a pas été trop pénible? Nous ne sommes pas loin de Louxor, mais la route est très difficile, parfois dangereuse. Mon père n'avait pas pensé à cela lorsqu'il a bâti la villa. D'ailleurs rien ne l'aurait découragé; et puis il cherchait la tranquillité!

– Votre... votre père?

– Oui, il était passionné d'archéologie et effectuait des fouilles près de Louxor. Mais surtout il adorait ma mère et a fait construire cette maison pour y vivre avec elle une éternelle lune de miel. Malheureusement, elle n'a pas pu en profiter longtemps. Elle est morte quelques mois après ma naissance...

– Je suis désolée, murmura Jennifer encore mal remise de sa surprise.

Donc, cette maison appartenait au Bey. Mais alors où était Mme Mortimer?

– Je... je ne saisis pas très bien, reprit-elle, perplexe. J'ai reçu une lettre de Mme Mortimer...

– Oui, je sais.

– Vous savez?

– Évidemment, c'est moi qui l'ai écrite. Léah n'était au courant de rien.

– Comment?

La colère assombrit les yeux bleus de Jennifer.

– Arrêtez-moi si je me trompe, proféra-t-elle d'une voix glaciale. Vous avez imité l'écriture et la signature de Mme Mortimer. Je suppose que c'est vous qui m'aviez réservé une chambre au Grand Palace... Vous croyez que je vais accepter ceci sans protester, sans vous demander d'explications? Ne prétendez pas que vous avez agi sous le coup d'une impulsion soudaine!

Il sourit, d'un sourire enjôleur.

– Non, c'est vrai.

– Alors, de quoi s'agit-il? Un caprice, une fantaisie?

– Non plus.

Jennifer releva la tête.

– Vous oubliez une chose, monsieur Crighton : je ne resterai pas une minute de plus dans une maison isolée en plein désert chez un homme qui m'a fait enlever! Et avant de partir, je tiens à vous rembourser ma note d'hôtel!

– Allons, ne vous emballez pas...

Il avait manifestement prévu la réaction de la jeune fille et paraissait décidé à garder sa bonne humeur.

– La note d'hôtel n'est qu'une peccadille... Vous oubliez que j'étais un ami de votre grand-tante. Si elle était encore de ce monde, elle estimerait que j'ai eu une excellente idée de vous accueillir ici. Rassurez-vous, je ne vous tiens pas prisonnière. Pour vous prouver ma bonne foi, j'ai même pris la peine d'inviter ce jeune homme que vous avez rencontré pendant votre croisière. D'ailleurs, je l'attends d'une minute à l'autre. Vous comprenez que mes intentions sont respectables...

– Vous... vous parlez de Martin Allerton?

Il posa sur elle un regard mystérieux, insondable.

– Avez-vous beaucoup d'autres amis... intimes?

Une vive rougeur monta aux joues de Jennifer.

– Bien sûr que non!

– Humm... Alors vous devez être encore plus intimes que je ne l'imaginais... Ah! J'oubliais! Léah Mortimer se joindra certainement à nous. Je serai étonné qu'elle ne passe pas nous dire bonjour.

Jennifer fronça les sourcils et secoua la tête.

– Pourquoi... mais pourquoi tout ceci? Je ne comprends pas...

Le visage du Bey se contracta imperceptiblement.

– J'avais envie de vous voir ici...

Il s'approcha d'elle, si près qu'il aurait pu la toucher. Malgré sa rancœur et sa colère, elle sentit les battements de son cœur s'accélérer. Allons, c'était ridicule de se laisser troubler ainsi. Et pourtant elle avait la gorge nouée... S'il faisait un geste, elle était perdue; mais Julius Grighton demeura immobile.

– Vous voulez vraiment savoir pourquoi je vous ai fait venir? poursuivit-il d'une voix douce, un peu grave. Je devais vous voir... vous parler. Vous êtes inaccessible vous savez, si méfiante, si sauvage... Vous avez une façon de vous retrancher en vous-même, de vous protéger, ou bien alors vous rebutez les gens par votre froideur. Non, laissez-moi continuer. J'avais des choses importantes à vous révéler et j'espérais que dans ce cadre...

– Lesquelles? le coupa-t-elle avec vivacité.

Il haussa les épaules.

– Est-ce bien le moment? Vous venez à peine d'arriver. Vous devez être lasse. Un peu de repos dans votre chambre vous fera du bien. Quand vous vous lèverez, M. Allerton sera sans doute arrivé. Vous serez certainement ravis de vous retrouver... Comment ce jeune niais est parvenu à vous séduire restera pour moi un mystère, soupira-t-il... Enfin! Si Léah Mortimer ne pointe pas le bout de son joli nez avant ce soir, je ne m'appelle plus Julius Crighton!

– Vous paraissez fort bien la connaître...

Il fronça les sourcils, sans répondre, puis lui tourna le dos et frappa dans ses mains. Une jeune fille en tablier blanc apparut quelques instants plus tard.

– Montrez sa chambre à Miss Styles, s'il vous plaît.

Jennifer l'interrompit d'un geste.

– Attendez! Je n'ai pas dit que j'étais d'accord pour rester!

Déjà la servante s'inclinait respectueusement devant elle.

– Miss Styles, je vous en prie, ne compliquez pas les choses, fit-il sèchement.

Quelle froideur dans cette voix si caressante quelques minutes plus tôt...

– Acceptez mon hospitalité. Vous serez encore mieux logée qu'au Grand Palace. D'ailleurs, vous n'avez pas le choix. J'ai de bonnes raisons de vous avoir fait venir ici, et je ne vous laisserai pas partir aussi facilement. Il n'est pas dans mes habitudes de terroriser les jeunes filles, mais je vous préviens que si vous essayez de vous enfuir, vous ne trouverez aucune voiture à votre disposition. Mon chauffeur ne vous accompagnera nulle part sans mon autorisation. Et à pied, vous n'êtes pas encore arrivée à Louxor. Le désert est immense...

– Je peux toujours essayer! ironisa-t-elle.

Il lui lança un regard moqueur.

– Pari tenu...

Avant même qu'elle ait pu répliquer, il avait tranquillement quitté la pièce. Elle n'avait plus d'autre choix que de suivre la servante...

Les deux femmes traversèrent un patio fleuri où régnait une délicieuse fraîcheur, puis suivirent une longue galerie bordée de colonnades supportant des arches gracieuses. Les rayons obliques du soleil venaient frapper le dallage de mosaïque noire et blanche.

Après avoir franchi une deuxième cour, elles pénétrèrent dans la villa proprement dite. La jeune servante lui fit signe de s'asseoir dans un divan garni de coussins moelleux, situé à l'entrée d'un immense vestibule. Aux murs étaient accrochées des tapisseries orientales, certainement très anciennes et des rideaux de soie bleu nuit protégeaient les fenêtres.

Jennifer attendit une ou deux minutes et vit arriver une femme d'un certain âge, au sourire avenant, habillée à l'européenne.

– Miss Styles? Je suis la gouvernante. On m'a chargée de m'occuper de votre bien-être.

Cette femme parlait un anglais parfait; Jennifer devina à son accent un peu traînant qu'elle était non seulement anglaise, mais certainement originaire du quartier de Whitechapel.

– Vous trouverez ici tout ce dont vous avez besoin, déclara cette dernière en poussant la porte de la chambre. Une salle de bains indépendante et un jardin où vous pourrez prendre le soleil sans risquer d'être dérangée.

Jennifer retint une exclamation de surprise en découvrant le plafond, couvert d'arabesques d'or sur fond d'azur et le lit à baldaquin aux colonnes de bois délicatement ouvragé. La couleur bleue des rideaux, des tentures et du dessus de lit s'harmonisait avec celle du plafond, créant dans cette pièce une atmosphère très reposante. A travers une porte vitrée, elle aperçut la salle de bains, toute carrelée de blanc et décorée de fougères, de papyrus et de capillaires au feuillage délicat, disposés dans des pots de cuivre.

La jeune fille se regarda dans un petit miroir à main incrusté de turquoise, posé sur un guéridon.

– Mon Dieu! Je suis affreuse! Est-il possible de prendre une douche?

– Bien entendu. Si vous n'avez pas de peignoir, il y en a dans la garde-robe.

Jennifer la dévisagea avec curiosité.

– Vous êtes anglaise, n'est-ce pas?

La gouvernante sourit.

– Oui. Mon nom est Forbes. Mon mari, Bert Forbes a commencé à servir M. Roger Crighton après la dernière guerre. J'ai moi-même élevé Julius du berceau à l'adolescence. Il n'aime guère que je le lui rappelle et pourtant je fais de lui ce que je veux! Lorsque vous avez préparé chaque jour le cartable et le petit déjeuner d'un garçonnet qui part à l'école, vous pouvez prendre quelques libertés avec lui, même s'il est devenu un monsieur très important!

– Vous avez raison, sourit Jennifer, qui avait toutefois du mal à imaginer Julius Crighton en culottes courtes!

Mme Forbes lui rendit son sourire, tout en l'étudiant de pied en cap avec intérêt, puis elle lui indiqua la porte-fenêtre qui donnait sur le jardin.

– Il est entièrement à votre disposition. L'appartement du rez-de-chaussée est vide pour le moment. Personne ne vous dérangera.

– Je vous remercie, Mme Forbes. Tout est parfait. Cette chambre est vraiment ravissante.

– C'est vrai, répondit tristement la gouvernante. La pauvre Princesse...

Elle ne termina pas sa phrase et s'éclipsa discrètement.

Jennifer, troublée, entrouvrit la fenêtre et passa dans le jardin; elle fut assaillie par le parfum du chèvrefeuille et du jasmin, qu'elle respira avec délices. Peu à peu sa colère s'apaisait.

Quelle femme merveilleuse avait dû être la Princesse Shaif, pour que son mari ait créé, par amour, un palais aussi enchanteur...

5

Une heure plus tard, elle se trouvait à table en compagnie de Martin Allerton, et de Crighton Bey, à l'ombre de la treille, près de la piscine. Le parfum discret des mimosas flottait dans l'air et l'eau de la fontaine les berçait de son bruissement cristallin.

Sur le bateau, Jennifer avait pris l'habitude de déjeuner chaque jour avec Martin Allerton, mais elle n'avait jamais encore partagé la table du Bey. Aujourd'hui, elle était son hôte involontaire et de nouveau le doute s'insinuait dans son esprit; elle se sentait vaguement méfiante et soupçonneuse à son égard, un peu malgré elle. Son malaise était d'autant plus grand que Martin Allerton avait complètement changé d'attitude face à Crighton Bey, qu'il ne portait guère dans son cœur depuis qu'il avait vu disparaître ce dernier près du tombeau d'Akhénaton. Or, simplement parce le Bey l'avait invité chez lui et avait envoyé son chauffeur le chercher à l'hôtel, il le parait de toutes les qualités...

« Cet homme a un grand sens de l'hospitalité », avait-il confié en aparté à Jennifer, pendant qu'on leur servait l'apéritif. Elle voulut lui demander pourquoi il avait accepté l'invitation d'un inconnu, sans se poser de questions sur les motifs profonds de ladite invitation, mais ils ne restèrent pas seuls suffisamment longtemps... Elle imagina que le jeune Américain s'était senti extrêmement flatté d'être ainsi introduit chez une personnalité aussi connue.

– Par ailleurs, lorsque j'ai appris que vous seriez là, rien au monde ne m'aurait empêché d'accourir auprès de vous, ajouta-t-il en lui pressant la main.

Julius Crighton survint à cet instant et Jennifer crut voit briller dans son regard une lueur de mépris. Mais cela ne dura pas. Il se révéla un hôte absolument charmant; en fait, il était impossible de deviner ce qu'il pensait... Martin Allerton, après avoir goûté et même abusé des meilleurs crus du pays, coulait à la jeune fille des regards éperdus et ne manquait pas une occasion de passer un bras autour de ses épaules, si bien que Jennifer fut soulagée d'entendre leur hôte leur proposer d'aller boire le café sur la grande terrasse de la villa. Des fauteuils confortables les y attendaient et Jennifer, évitant la proximité envahissante de Martin, s'assit ostensiblement à côté de Crighton Bey.

Elle dégustait son café brûlant et sucré, tout en l'observant à la dérobée, pendant qu'il leur racontait la construction de la maison, surnommée *« Dar El Pacé »*, c'est-à-dire « la maison de la paix ». Comme elle portait bien son nom, songea-t-elle, en écoutant le tendre roucoulement des tourterelles qui venaient picorer jusqu'à leurs pieds. Le suave parfum du jasmin embaumait la terrasse. Mais elle ne parvenait pas non plus à oublier qu'elle n'était pas ici de son plein gré...

Au milieu de l'après-midi, pendant qu'elle se reposait dans sa chambre, Jennifer entendit un grand remue-ménage dans la maison, alors que c'était l'heure de la sieste. Elle comprit bien vite la raison de ce vacarme en distinguant la voix haut perchée de Léah Mortimer. A partir du moment où le portail s'entrouvrit pour laisser passer sa limousine, *Dar El Pacé* ne connut plus la paix. Partout on entendait son rire qui s'égrenait en cascades. Même son parfum – un mélange très particuelier de benjoin et d'iris – paraissait s'infiltrer sous toutes les portes.

Jennifer, qui buvait tranquillement une tasse de thé servie sur un plateau d'argent, fut désagréablement surprise par cette intrusion, d'autant plus qu'elle ressentait obscurément le danger que cette femme représentait pour elle...

Et ce qui l'agaçait par-dessus tout était d'entendre, mêlé à la voix musicale de la jolie veuve, le timbre grave et chaleureux de Julius Crighton... Apparemment, le Bey et Martin Allerton fêtaient joyeusement l'arrivée de la jeune femme dans le jardin attenant. Jennifer faillit s'en plaindre à Mme Forbes, lorsque celle-ci revint chercher le plateau du thé, mais elle comprit que ce serait une attitude ridicule. Son hôte avait le droit de recevoir qui il voulait sous son propre toit. Mais pas celui de retenir ceux qui ne désiraient pas rester... Bien sûr, il y avait la solution de s'enfuir... Cependant, elle devait s'avouer qu'elle n'aurait jamais le courage de partir seule, à pied, dans le désert. Découragée, elle s'allongea sur son lit et contempla si longtemps les arabesques dorées du plafond qu'elle finit par s'assoupir. A son réveil, le jour tombait. Le soleil couchant embrasait l'horizon dans un flamboiement de couleurs pourpres et orangées comme elle n'en avait encore jamais vues.

Une servante vint la prévenir que le dîner allait bientôt être servi. Jennifer se donna un rapide coup de peigne et la suivit dehors. Elles traversèrent deux cours plongées dans l'obscurité avant de déboucher dans un jardin éclairé par la vive lumière d'une grande pièce, située au premier étage. Trois silhouettes, penchées au balcon la regardaient approcher.

La servante alluma une lampe mauresque en verre émaillé qui illumina le vestibule, puis fit une gracieuse révérence et s'enfuit en trottinant vers les cuisines. Jennifer monta l'escalier et entra dans la salle à manger.

– Nous nous languissions, très chère, roucoula Léah Mortimer, en s'avançant vers elle, moulée dans une robe bleue irisée, au décolleté vertigineux.

– Êtiez-vous souffrante, Jenny? s'informa anxieusement Martin Allerton, très élégant dans un smoking gris foncé à fines rayures.

Il lui sourit un peu gauchement, en reposant le verre à cocktail qu'il tenait à la main.

– Non, je m'étais assoupie. Veuillez m'en excuser, dit-elle en se dirigeant vers Crighton Bey.

Quoiqu'elle éprouvât envers lui des sentiments

mitigés, elle restait toujours sensible au charme et à la distinction qui émanaient de cet homme. Il était vêtu d'un costume bleu, très classique, qui portait certainement la griffe d'un grand couturier. Jennifer le vit d'abord de dos, car il était occupé à préparer les cocktails. Julius tendit un verre de sherry brandy à Mme Mortimer, avant de se tourner vers Jennifer. Ses yeux noirs la détaillèrent minutieusement, à travers des paupières mi-closes – ce qu'elle appelait pour elle-même le « regard égyptien ».

– Ah, Miss Styles... déclara-t-il enfin. Vous avez une bien jolie robe...

Elle soutint son regard sans ciller.

– Je ne m'attendais pas à être conviée à un cocktail mondain, lorsque l'on m'a amenée ici ce matin, répondit-elle à mi-voix, afin que les deux autres invités ne l'entendent pas.

Julius fronça les sourcils.

– Que se passe-t-il? Vous ne vous sentez pas bien? M. Allerton a raison, je vous trouve un peu pâle...

– Sans doute le manque d'exercice, ironisa-t-elle. J'aime être libre de mes mouvements.

– Allons, pas de messes basses, tous les deux, s'exclama Léah Mortimer en posant son verre sur une table basse. Jennifer! Je me permets toujours de vous appeler par votre prénom n'est-ce pas? Quel plaisir vraiment de vous avoir parmi nous ce soir... Depuis quelques jours, je pensais vous inviter chez moi, mais Julius m'a devancée...

Elle posa sur le bras de la jeune fille une main blanche et baguée, aux ongles laqués de rouge.

Jennifer se contracta légèrement, puis, ne voulant pas se montrer grossière, répondit en souriant :

– C'est très gentil à vous. Figurez-vous que ce matin, j'ai cru être invitée chez v...

Avant que Jennifer ait pu terminer sa phrase, Julius Crighton laissa échapper la carafe de sangria qu'il tenait à la main. Elle heurta le rebord de la table et éclata en mille morceaux. Maladresse involontaire ou acter délibéré? Jennifer aurait juré qu'il l'avait fait exprès...

Le liquide coloré se répandit sur le parquet ciré. Le Bey poussa une exclamation agacée et appuya sur un bouton près de la porte. Quelques instants plus tard, une jeune fille apparut.

– Malika, allez me chercher une éponge, s'il vous plaît.

Mme Mortimer tourna ses beaux yeux vers lui et secoua la tête d'un air surpris.

– Vraiment Julius, vous m'étonnez! D'ordinaire, vous êtes plutôt habile! Que se passe-t-il, vous tremblez?

– Pas du tout, répliqua-t-il avec un haussement d'épaules irrité. Cela arrive à tout le monde d'avoir un geste maladroit. Je suis un être humain!

– Julius chéri, vous êtes au contraire quelqu'un de tout à fait exceptionnel! minauda-t-elle, les yeux brillants. Je ne sais comment vous faire comprendre à quel point vous êtes... différent. Si tous les hommes vous ressemblaient, la terre serait un véritable paradis!

Elle posa la main sur son bras, d'une manière un

peu affectée, songea Jennifer en son for intérieur. Comme s'il se repentait de s'être montré trop vif, Julius prit cette main et la porta à ses lèvres.

– Merci, Léah. Vous êtes une incorrigible flatteuse, mais il est parfois agréable de recevoir des compliments. Disons que j'ai eu un instant d'inattention et n'en parlons plus.

Elle le regarda quelques secondes, intriguée, puis un sourire sensuel naquit sur ses lèvres.

– Comme vous voudrez, mon cher... Jennifer, ajouta-t-elle en se tournant vers la jeune fille, vous avez été interrompue. Vous disiez donc...

Une fois de plus, le Bey empêcha la jeune Anglaise de répondre.

– Saviez-vous, Léah, que nos deux amis se sont rencontrés au cours d'une croisière sur le Nil? dit-il d'une voix suave, en fixant Jennifer droit dans les yeux.

Donc, il était décidé à éviter coûte que coûte que sa petite supercherie soit dévoilée...

– J'ai pensé qu'ils aimeraient se retrouver tous deux ici. M. Allerton m'aurait certainement reproché de ne pas avoir invité sa charmante compagne! Alors je leur ai suggéré de venir se reposer quelques jours à Dar El Pacé, n'est-ce pas, Martin?

Le jeune Américain parut ravi d'entendre son nom associé publiquement avec celui de Jennifer. Un peu embarrassé, il acquiesça en rougissant.

– Certainement, et vous m'en voyez enchanté, monsieur Crighton. Lorsque vous m'avez parlé de la venue de Jennifer, je n'ai pas osé y croire, car je pensais qu'elle avait des projets de son côté. Comment êtes-vous parvenu à la convaincre? Vous m'apprendrez votre secret pour amadouer les jeunes filles au caractère indépendant! conclut-il en riant.

– Oh, je n'ai pas de méthode particulière, répliqua le Bey, sans quitter Jennifer des yeux. Ou tout au moins aucune que je vous conseillerais d'utiliser!

La jeune fille le regardait, à la fois stupéfiée et admirative devant une telle audace et un tel sens de la répartie. En même temps, elle ressentait un certain agacement à le voir prendre plaisir à les considérer comme des amis très intimes. Martin Allerton ne manquerait pas de s'imaginer qu'elle s'était laissé aller à certaines confidences sur leurs relations... Mais son exaspération se mua en colère lorsqu'elle s'aperçut que son hôte s'amusait beaucoup de ses efforts pour masquer ses réactions!

Furieuse, elle se mordit la lèvre et détourna la tête. Crighton Bey, bon joueur, fit semblant de ne rien remarquer et leur proposa de passer à table. Durant le repas, il se montra un maître de maison accompli, attentif et discret. Jennifer, qui n'avait pas faim, eut tout le loisir d'observer ses trois partenaires. Ce soir, contrairement à la première impression qu'elle avait eue lors de la réception chez la jolie veuve, elle comprit qu'un lien unissait Léah Mortimer et Julius Crighton. Elle avait ressenti un choc en voyant la jeune femme sourire tendrement au Bey, et cet après-midi, en les entendant rire, elle s'était sentie bizarrement exclue de leur intimité.

Tu ne vas tout de même pas être jalouse, lui

murmurait sa petite voix, alors qu'elle refusait les uns après les autres les plats qu'on lui offrait. La présence même de Mme Mortimer la mettait mal à l'aise; son cou gracieux qui ployait sous le poids des lourds colliers d'argent, ses mouvements fluides, sa voix claire, cristalline, cette assurance... Jamais elle ne se montrait gauche, ni maladroite. Chacun de ses gestes était empreint de grâce et d'aisance. En face d'elle, Jennifer se trouvait insignifiante, ordinaire...

Au fur et à mesure que le repas avançait, Martin Allerton semblait de plus en plus hypnotisé par le charme de sa voisine. A l'heure des liqueurs et du café, il était littéralement ensorcelé! Mme Mortimer paraissait très bien connaître la géographie des États-Unis. Elle avait même visité la ville natale du jeune Américain! Il était touchant de voir la naïveté de ses réactions aux commentaires superficiels de Léah, vantant les charmes du Nouveau-Monde. Ses yeux bleus brillaient d'émotion! De son côté, il lui raconta sa vie, son enfance, ses études, sa famille, ses voyages... Léah Mortimer l'écoutait en battant des cils et posait de temps à autre sa main baguée sur celle du jeune homme.

Pendant plus d'une heure, Julius Crighton suivit leur discussion avec un intérêt poli, puis comprenant que ses deux invités avaient décidé de monopoliser la conversation et de rester toute la nuit à bavarder sur la terrasse, il proposa à Jennifer d'aller se promener dans l'orangeraie.

– Un peu d'exercice nous fera du bien. Il fait tellement chaud dans cette région que les gens ont tendance à éviter tout effort physique pendant la journée. A cette heure-ci, l'air est frais et piquant.

A ce moment-là, Jennifer surprit le regard aigu que Léah Mortimer lança à leur hôte. Celui-ci lui tapota gentiment la main, puis, se tournant vers Martin :

– Martin, je vous confie Léah. Si vous savez vous y prendre, vous lui donnerez peut-être envie de retourner un jour aux États-Unis!

Mme Mortimer pinça les lèvres; ses jolies prunelles étincelèrent comme des diamants. Mais très vite, elle releva la tête et redevint maîtresse d'elle-même.

– Qui sait... murmura-t-elle en regardant Marty d'un air enjôleur, je rêve de visiter la Californie...

Julius Crighton guida Jennifer d'une main sûre à travers la cour et les jardins. Elle faillit dégager son bras, mais la nuit était si sombre qu'elle craignit de trébucher à chaque pas. L'orangeraie, si accueillante à la lumière du jour était plongée dans une totale obscurité. Jennifer avait l'impression d'avancer vers un gouffre noir. Heureusement elle reconnut bientôt le bruit rassurant du grand jet d'eau. L'air embaumait de senteurs odorantes. Toutes les fleurs de l'Orient semblaient s'être donné rendez-vous ce soir-là...

Le Bey devina son appréhension et resserra un peu l'étreinte de sa main sur son bras. Elle entendit sa voix chuchoter doucement, à son oreille :

– Ne craignez rien. D'ici quelques minutes, la lune va se lever et il fera clair comme en plein jour.

Jennifer bredouilla une phrase d'excuse à propos de sa peur du noir, qui remontait à sa petite enfance. Elle sentit le poids du bras de Julius sur ses épaules.

– Arrêtons-nous un moment et attendons...

La nuit les enveloppait, vivante et palpable. Une chauve-souris passa silencieusement au-dessus de leurs têtes. Au loin, un chacal hurla, dérangeant le sommeil des tourterelles. Ils écoutèrent le clapotis de l'eau, immobiles, émus. Jennifer tournait le dos à Julius, qui la tenait tendrement par les épaules. A travers le fin tissu de leurs vêtements, elle percevait les battements de son cœur, et sa chaleur. Le parfum poivré de son eau de toilette la conduisait lentement vers un doux vertige...

Jennifer frissonna. Elle devait se libérer de l'envoûtement.

– Vous avez de la chance de posséder une si belle maison, murmura-t-elle d'une voix altérée. Elle est vraiment très isolée. Personne ne pourrait vous retrouver ici, à moins d'avoir une carte détaillée du chemin à suivre dans le désert!

Il eut un rire franc, amical, dépourvu de cynisme.

– Mon souci principal est précisément de mettre le plus de distance entre le monde et moi. Au Caire, les gens défilent toute la journée chez moi ou à mon bureau et le téléphone sonne en permanence.

– Mais vous appréciez aussi la compagnie des autres... Sinon, pourquoi nous avoir invités, Martin et moi? Si l'on peut parler d'invitation, en ce qui me concerne! Vous m'avez tout bonnement attirée dans un guet-apens!

Il sourit.

– Revenons plutôt à nos amis. Je connais bien Léah elle est souvent d'agréable compagnie. Quant au jeune Allerton, j'étais obligé de l'inviter. Je n'aime pas les chiffres impairs!

– Croyez-vous vraiment que je m'intéresse à lui?

– Eh bien...

Elle sentit ses doigts frôler la peau satinée de son bras, et ferma les yeux, troublée.

– Vous aviez l'air de si bien vous entendre... A mon avis, il est normal que vous le trouviez séduisant. C'est un jeune Américain charmant et vous, une adorable petite Anglaise. L'Égypte est un pays propice aux aventures romantiques... Vous pourriez envisager de sérieux projets...

Elle se retourna vers lui avec vivacité. A cet instant précis, la lune apparut par-dessus le mur d'enceinte, à travers les feuilles pennées des palmiers-dattiers.

– Je suis capable d'apprécier la compagnie d'un homme sans penser pour autant à l'épouser! s'exclama-t-elle, agacée.

Dans la pénombre, elle vit briller ses dents blanches.

– Une jeune fille ravissante, dont la chevelure accroche les rayons de lune, vêtue d'une très jolie robe... Comment se fait-il que les couleurs claires vous aillent à ravir? Léah paraîtrait bien insipide, habillée de cette façon, tandis que vous...

– Je préférerais que vous ne fassiez pas de comparaisons entre nous, le coupa-t-elle sèchement. J'ai bien conscience de ne pas être aussi belle que Léah Mortimer.

Julius se mit à rire, comme si cette remarque l'amusait beaucoup.

– Continuez...

– Aucune femme ne peut espérer rivaliser de beaucoup avec elle.

– C'est vrai, c'est une créature de rêve...

Le pensait-il vraiment? Jennifer, elle, soupçonnait Léah Mortimer de cacher une âme diabolique sous un visage d'ange... Et puis, à dire vrai, il l'avait vexée; sans jamais s'être trouvée ni très belle, ni très brillante, elle se savait plutôt jolie, et dotée d'un certain charme.

– Je suis Anglaise, ne l'oubliez pas, tandis que Léah a des origines égyptiennes, tout comme vous d'ailleurs.

– J'ai certainement du sang égyptien, mais j'ai reçu une éducation typiquement britannique!

– Vous voulez dire que vous pensez, que vous réagissez comme un Anglais?

– Le plus souvent, en effet. Mais j'avais une arrière grand-mère française, aussi si mes réactions ne sont pas suffisamment britanniques à votre goût, vous conviendrez que j'ai des excuses!

Ils rirent tous deux, puis le Bey reprit :

– Venez, je vais vous montrer quelque chose dont vous vous souviendrez longtemps...

Ils passèrent une rangée d'arcades et atteignirent

une porte dérobée, à peine visible dans le grand mur d'enceinte. Julius l'ouvrit et s'effaça pour laisser passer sa compagne. Devant eux, s'étendait l'immensité désertique, ondulant doucement jusqu'à la large boucle d'une rivière éclairée par la lune.

Jennifer poussa une exclamation de surprise. Le Nil! Durant la croisière, elle avait appris à aimer le grand fleuve aux eaux calmes. Jamais elle n'oublierait la féerie des couchers de soleil illuminant ses rives. On devinait derrière les dunes ocres et fauves un village aux maisons serrées les unes contre les autres pour se protéger de l'ardeur du soleil et du froid de la nuit. Elles semblaient gardées par les palmiers-sentinelles, dont les troncs écailleux s'élançaient vers le ciel bleu-violacé. Leurs feuilles pointues se découpaient sur le disque jaune pâle de la lune.

Jennifer sentait sous ses pieds le sable bouger comme un être vivant. Une brise fraîche se leva soudain, balayant son visage et soulevant ses boucles rousses. Elle frissonna. Quelque part, là-bas dans l'oasis, près du puits où les femmes venaient chaque jour chercher de l'eau, montaient les notes aigrelettes d'une flûte.

– Comme c'est joli! L'entendez-vous? murmura-t-elle. C'est peut-être un galant qui joue la sérénade à sa bien-aimée...

– C'est possible. Mais plus vraisemblablement, il s'agit d'un jeune homme solitaire. Un berger, sans doute.

– Comme c'est beau...

– Voilà un divertissement que les gens pratiquent ici depuis toujours; le musicien joue pour son propre plaisir, pendant des heures. Cela peut paraître étrange à un européen. Et cette musique est différente de la vôtre. Aimeriez-vous marcher jusqu'au village?

– Oh oui! S'il vous plaît... répondit la jeune fille, enthousiaste.

Ils suivirent le chemin empierré qui menait vers le fleuve et l'oasis. Mais lorsqu'ils atteignirent le village, la mélopée lancinante de la flûte avait cessé. Ils marchèrent le long des étroites ruelles, entre les maisons silencieuses, réveillant parfois un chien dans son sommeil. La lunde ronde brillait à présent très haut dans le ciel.

Ils cheminèrent ensuite jusqu'au bord du fleuve. Jennifer avait ôté ses sandales et marchait pieds-nus dans le sable encore tiède. Elle ne protesta pas lorsque Julius passa son bras autour de sa taille. Arrivés sur la berge, ils regardèrent couler l'eau où se reflétaient les étoiles et scrutèrent la rive sombre et mystérieuse, de l'autre côté du fleuve.

Il régnait un silence un peu effrayant – en fait, Jennifer l'aurait jugé terrifiant si elle avait été seule – mais le bras protecteur de son compagnon la rassurait. Indifférent à la nature sauvage, Crighton Bey l'interrogea sur sa famille, sa vie en Angleterre, gommant par sa seule présence les angoisses réveillées par la nuit. Pour la première fois depuis qu'ils se connaissaient, elle lui parla d'elle-même spontanément, sans arrière-pensée. Il l'écouta sans l'interrompre. De temps à autre elle voyait ses noirs sourcils se soulever d'un air interrogateur, ou une expression intriguée passer dans son regard.

– Votre vie à Londres n'a pas l'air bien gaie... Je comprends à présent pourquoi vous avez si vite saisi l'opportunité d'un voyage en Égypte, dès l'annonce de la mort de votre tante. Et vous êtes venue toute seule. Dans ce pays, aucune femme n'aurait accompli pareille traversée sans être accompagnée.

– Pas même Mme Mortimer? releva-t-elle d'un ton amusé.

– Léah est veuve, et nettement plus âgée que vous. Elle a énormément voyagé. Son défunt mari lui offrait de fabuleuses croisières.

– Pensez-vous qu'elle retournera bientôt aux États-Unis?

Il sourit. Sa main s'attarda sur l'épaule de la jeune fille.

– Dieu seul le sait! Je vous en prie, oubliez donc Léah pour le moment. D'ici peu nous aurons l'occasion d'en reparler...

– Vous êtes si mystérieux, Julius. Trop même, à mon goût. Parfois je me demande si vous étiez vraiment un ami de ma tante...

D'interminables minutes s'écoulèrent. Lorsque Crighton Bey reprit la parole, le ton de sa voix avait changé.

– Donc, vous entretenez toujours des doutes à mon sujet? Plus précisément, à propos de ma respectabilité?

– Non... bien sûr que non!

– Pourtant vous auriez d'excellentes raisons de me soupçonner... Souvenez-vous, je suis entré illégalement chez vous! Et je vous ai amenée jusqu'à chez moi grâce à un subterfuge quelque peu malhonnête...

– Ce matin, j'ai cru comprendre que vous aviez d'excellentes raisons de « m'inviter » chez vous. Le moment est peut venu de me donner des explications...

Il agita sous son nez un index faussement menaçant.

– Vous avez tort de me faire confiance... Je pourrais nourrir à votre égard de coupables desseins...

– Dans ce cas, pourquoi avoir prié Martin Allerton de venir me rejoindre?

Le Bey partit d'un franc éclat de rire.

– Tout juste! Je ne vous ai pas kidnappée uniquement parce que je vous trouve ravissante et délicieuse et parce que je désirais un tête à tête romantique dans le désert. Sinon je n'aurais pas invité l'homme qui est peut-être votre amant – ne vous fâchez pas – et je n'aurais pas non plus invité Léah!

– Elle éprouve pour vous une très vive affection, si je ne me trompe?

– J'apprécie beaucoup ses qualités. Malheureusement c'est une femme à qui l'on ne peut guère se fier.

– Vraiment?

Jennifer renversa la tête en arrière pour mieux le regarder. Ce mouvement la rapprocha de l'épaule de Julius.

– J'ai du mal à vous croire! Vous l'admirez énormément, vous êtes sans doute amoureux d'elle et vous ne lui faites pas confiance?

– Non.

Il plongea son regard dans le sien.

– Jennifer, vous semblez très douée pour vous méprendre sur le sens de mes propos... Alors que je cherche uniquement à vous faire comprendre que vous courez un grave dan...

Il y eut un brusque craquement derrière eux, suivi d'un bruit de pas précipités. Jennifer se retourna, affolée; elle eut juste le temps d'apercevoir une silhouette qui se perdait dans l'obscurité de la palmeraie. Vif comme l'éclair, Julius courut à sa poursuite, mais il revint quelques instants plus tard, d'une démarche nonchalante, pour lui dire qu'il n'y avait aucune raison de s'alarmer.

– Ce n'était que le joueur de flûte. Il n'avait pas trouvé de meilleure distraction que de nous espionner. Je crois que je lui ai fait un peu peur! Il ne reviendra plus.

Jennifer se souvenait des derniers mots qu'il avait prononcés. Elle s'était sentie pâlir. Dans la pénombre, ses grands yeux bleus paraissaient lui manger le visage. Julius s'approcha d'elle et la serra contre lui, dans un geste naturel et protecteur.

– Chère Jenny, s'exclama-t-il avec sollicitude, ne vous faites aucun souci. C'était vraiment le joueur de flûte qui nous épiait. C'est un jeune garçon qui habite le village. Il a bien le droit de se promener au clair de lune...

– Mais... vous veniez de me dire...

– Rien à craindre du côté du musicien.

– Alors de quel danger parliez-vous?

Pour toute réponse, elle sentit des lèvres brûlantes prendre possession des siennes. Pour la première fois de sa vie, elle fut embrassée avec une fièvre qui embrasa ses sens. Le fleuve, l'oasis, la nuit, le danger, tout fut oublié. Seule comptait à présent cette bouche impatiente qui couvrait son visage de baisers. Elle s'accrocha à lui comme une naufragée, en murmurant son nom. Plus tard, revenue à elle, elle se demanda si elle avait vraiment répondu à ses baisers, mais à ce moment-là, elle n'avait conscience que du bonheur d'être dans les bras de Julius Crighton et du plaisir d'entendre sa voix douce lui chuchoter des mots très doux.

– Vous êtes une petite fille perdue dans la nuit, je veux vous consoler... Ne craignez rien, ma chérie je vous protégerai de tous les dangers. Tant que je serai à vos côtés, vous n'aurez rien à redouter. Vous êtes si fragile, si vulnérable...

Jennifer sentait ses jambes vaciller. Au-dessus de sa tête, dans le ciel violet, les étoiles dansaient une folle farandole. Que lui arrivait-il?

– Je vous en prie, murmura-t-elle, je vous en prie, lâchez-moi...

Il la serra encore une fois très fort contre lui, à lui faire mal, couvrit de baisers son visage en feu, des baisers fous, possessifs, doux et violents à la fois, puis il s'arracha brusquement à leur étreinte.

– Venez, dit-il plutôt sèchement, rentrons à la maison.

Sur le trajet du retour, il garda ses poings enfoncés dans les poches de son veston, et ne lui adressa plus une parole.

Des bribes de musique classique leur parvinrent de la fenêtre entrouverte de la salle à manger. Un concerto pour piano de Chopin... Jennifer avait remarqué la coûteuse chaîne stéréo habilement dissimulée dans un meuble de cèdre massif et les deux haut-parleurs qui diffusaient un son proche de la perfection. Elle imagina que Mme Mortimer, lasse d'écouter les confidences de son chevalier servant, avait préféré un concert de musique classique.

Mais en entrant dans la salle à manger, elle s'aperçut qu'elle s'était trompée. Martin Allerton, assis dans un fauteuil, les yeux clos, paraissait savourer les notes cristallines du piano, tandis que Léah Mortimer arpentait la pièce de long en large, les poings serrés, comme si elle s'ennuyait profondément. Ou plutôt elle attendait leur hôte avec une impatience grandissante. En réalité, elle était furieuse. Ses yeux noirs lançaient des éclairs et sa bouche ne formait plus qu'une ligne mince.

– Ah enfin! Vous voila! Je me demandais ce qu'il avait bien pu vous arriver!

Son regard s'aimanta à celui de Jennifer.

– Il vous a fait visiter la propriété... insinua-t-elle d'une voix mielleuse. En tout cas, je vois qu'il y avait beaucoup de vent. Vous êtes complètement décoiffée! C'est étrange, ici, aucune brise n'a soulevé les rideaux...

La jeune Anglaise ne prit même pas la peine de lui

répondre et s'approcha de Martin, occupé à changer le disque sur la platine. Celui-ci se tourna vers elle et la dévisagea en souriant.

– Jenny, le vent vous a toute décoiffée! dit-il avec une naïveté si désarmante que la jeune fille ne put s'empêcher de rougir.

Cette fois-ci, Mme Mortimer ne se contint plus.

– Non, il n'y avait pas de vent! explosa-t-elle. Jennifer, je vous conseille d'aller vérifier votre maquillage dans une glace. Il a coulé!

Sans même jeter un dernier regard à Julius, Jennifer quitta la salle à manger, pressée d'échapper à la hargne jalouse de cette femme. Elle eut le temps d'entendre Martin murmurer quelques paroles apaisantes, tandis que Crighton Bey sifflotait doucement.

6

Le lendemain matin, ils partirent tous les quatre en expédition dans le désert. Jennifer se retourna pour admirer la muraille ocre rose de la propriété, qui se fondait dans le paysage, et fut plus que jamais frappée par la solitude et l'isolement de l'endroit. Le Bey et Mme Mortimer paraissaient parfaitement connaître les environs et évoquaient en riant les nombreuses fois où ils s'étaient égarés dans les dunes. Martin Allerton semblait apprécier l'excursion, bien qu'il jetât parfois à Jennifer des coups d'œil un peu inquiets. Il faisait à Léah Mortimer une cour moins empressée; de son côté celle-ci se montrait moins aguichante, mais il était évident qu'ils se plaisaient beaucoup.

Marty n'avait pas précisément abandonné Jennifer en faveur de la belle veuve, mais il devenait rouge comme une pivoine à chaque fois que Léah lui adressait la parole ou plongeait son regard noir dans le sien. En fait, Jenny s'en moquait; il lui faisait même un peu pitié. Elle éprouvait une certaine affection pour ce jeune homme à l'esprit ouvert qui avait décidé de faire le tour du monde, mais rien de plus. A la fin de la croisière, alors qu'elle monopolisait encore tout son intérêt, elle s'était lassée de ses excès d'attentions.

Leur hôte paraissait beaucoup s'amuser de cette situation – ce petit chassé-croisé à quatre. Avait-il déjà oublié ce qui s'était passé la veille au soir, au bord du Nil? Apparemment, oui. Elle se souvint qu'il avait invité Martin parce qu'il n'aimait pas les chiffres impairs. Des images contradictoires lui venaient à l'esprit; tantôt elle pensait avec colère à la façon dont il s'était introduit chez elle, tantôt elle se rappelait la pression de sa main sur son bras, sa voix au creux de son oreille ou les baisers fous sur son visage, et son cœur se mettait à battre à tout rompre. Or, cette sensation était à la fois agréable et douloureuse...

De la première partie de l'excursion, elle se souvint des cahots de la piste, de bribes de conversations, du rire perpétuel de Léah Mortimer et de la façon agaçante avec laquelle elle s'accrochait au bras du Bey... Elle lui coulait des œillades langoureuses auxquelles il répondait en lui pressant discrètement la main. Une fois même, il la prit par le bras, pendant qu'ils exploraient un chantier de fouilles abandonné, qui semblait les intéresser passionnément. Ils discutaient de l'éventualité de rouvrir le site.

– Nous avons de sérieuses raisons de croire qu'un trésor est toujours caché quelque part dans les environs, expliqua Mme Mortimer à Jennifer, alors qu'elles se trouvaient seules toutes les deux.

Elle donna un coup de pied dans un caillou avec la pointe de son soulier.

– C'est extraordinaire, n'est-ce pas, d'imaginer que des hommes sont enterrés là depuis plus de deux mille ans, et que les sarcophages et les momies ont pu rester intacts...

– Je croyais que tous les tombeaux avaient été découverts, ou profanés depuis longtemps, souligna Jennifer, qui venait de remarquer que la soie du tailleur en shantung de Léah Mortimer avait exactement la couleur jaune du sable qui les entourait.

Cette dernière lui adressa un sourire éblouissant, comme si elle appréciait la pertinence de sa remarque.

– Oui, c'est exact. La plupart des tombes ont été saccagées peu de temps après leur fermeture et parfois même elles ont été pillées avant d'être officiellement scellées. Il y avait déjà des voleurs du temps des Pharaons! Mais, comme l'a prouvé en 1922, la découverte du tombeau de Toutankhamon, certains ont échappé à la profanation. Il y avait là un trésor unique tant par sa beauté que par sa diversité. Vous rendez-vous compte : mille sept cents objets pour ce petit monarque! Imaginez ce que devait contenir la tombe de Ramsès II... Sans doute son entrée était-elle mieux gardée, ou mieux dissimulée.

Elle s'interrompit un instant pour reprendre son souffle, et poursuivit :

– Nous supposons que l'un des jeunes frères de Toutankhamon est enterré ici. Il était riche, immensément riche. La découverte, si elle a lieu, fera date dans l'histoire de l'archéologie! Nos efforts seront largement récompensés...

Jennifer secoua la tête et désigna du menton le sol caillouteux.

– Vous ne croyez pas qu'il vaudrait mieux ne pas le déranger? Le laisser en paix après toutes ces années...

Léah Mortimer esquissa une moue méprisante.

– Bien sûr que non! Laisser toutes ces richesses? Jamais de la vie! Je suis à la recherche de ce trésor depuis si longtemps! De plus, si nous ne l'exhumons pas, d'autres se chargeront de le faire à notre place!

– Vous avez peut-être raison...

– N'imaginez pas que le gouvernement égyptien nous abandonnera la jouissance de cette immense fortune. Elle lui revient de droit. Mais, ajouta-t-elle, les yeux brillants de convoitise, il y a toujours des oublis...

– Comme par exemple la statuette de la déesse de l'amour...

L'expression du visage de Mme Mortimer changea instantanément. Tout d'abord, elle parut songeuse, puis elle ouvrit son sac à main, en sortit un porte-cigarettes en or et alluma nerveusement une cigarette.

– Ah oui... La déesse... Nous avions eu une petite conversation à son sujet. Maintenant que j'y réfléchis, je crois effectivement en avoir entendu parler. Beaucoup de gens s'y intéressent, à ce qu'il paraît.

Auriez-vous par hasard découvert sa cachette?

– Personnellement, non. Mais je suis persuadée que quelqu'un sait où elle se trouve.

– Vraiment?

Le visage de Mme Mortimer avait repris une expression paisible, indifférente.

– D'où tenez-vous cette information? Je meurs d'envie de le savoir!

Je m'en doute, songea intérieurement Jennifer.

– Ma grand-tante m'avait laissé une lettre dans laquelle elle me disait où je pouvais trouver la statuette. J'ai suivi ses instructions, mais la cachette était vide. J'en ai conclu que quelqu'un l'avait découverte avant moi.

– C'est vraisemblable. Pensez-vous que ce soit l'une de vos relations?

– Il doit s'agir d'une personne que ma grand-tante connaissait, mais je ne peux jurer de rien.

Léah Mortimer tira une profonde bouffée sur sa cigarette puis exhala une longue volute de fumée, qui entoura son visage d'un joli halo bleuté.

– Vous imaginez aisément que je suis également intéressée par cette statuette. Malheureusement, si on vous l'a subtilisée, il n'y a rien que je puisse faire pour vous, n'est-ce pas? Et puis en ce moment, je suis surtout obsédée par ce trésor qui dort sous nos pieds. Venez, poursuivons notre chemin.

Elles se remirent en route et suivirent un petit sentier qui les conduisit jusqu'à un trou béant où étaient entreposés des grues, des extracteurs, des éléments d'échafaudages et des équipements de forage.

– Les travaux de dégagement ont été interrompus, hélas, car nous manquions de fonds. J'ai investi énormément d'argent dans cette entreprise, quant à Julius, je crains qu'il n'ait plus envie d'y mettre un centime. Je dois lui en reparler sérieusement. Au départ, ce projet l'intéressait beaucoup. Mais il est très têtu et émet des doutes sur l'existence de cette chambre funéraire. Il a sans doute peur de ne pas être récompensé de tous ses efforts.

– Vous voulez parler du trésor?

Léah lui jeta un coup d'œil par-dessus son épaule. Ses yeux en amande avaient pris un étrange éclat.

– Je vous ai dit que cette découverte ne nous rapporterait rien, excepté une certaine notoriété. Les musées hériteront de tous les trésors. C'est la raison pour laquelle j'hésite avant d'investir de nouveaux capitaux.

Elles arrivèrent devant une rangée de fils de fer barbelé qui délimitait l'enceinte du champ de fouilles. Mme Mortimer tendit la main en avant.

– La première chambre est située juste ici. Nous l'avons ouverte, il n'y avait rien d'extraordinaire. Mais le nombre élevé de chambres et de galeries prouve que la pièce où gît le sarcophage doit valoir la peine d'être ouverte. Je suis prête à parier qu'il y a autant de trésors que dans le tombeau de Toutankhamon!

L'excitation faisait rougir ses joues et animait son regard sombre. Elle ne paraissait pas se soucier de la chaleur accablante! Malgré elle, Jennifer se sentait gagnée par son enthousiasme. Tant de merveilles sous leurs pieds...

Elle se pencha par-dessus les barbelés pour essayer d'apercevoir l'entrée du tombeau.

– Je m'étonne que vous soyez passionnée par l'archéologie, dit-elle en se retournant vers Léah Mortimer. Je ne vous imaginais pas vous intéressant au passé, comme ma grand-tante. Vous êtes si vivante, si...

La jeune veuve parut extrêmement flattée.

– Vous avez raison, mais j'aime l'histoire de mon pays...

– J'espère que vous parviendrez à réunir les fonds pour poursuivre les fouilles.

Léah eut un léger mouvement d'épaules.

– Oh, nous y arriverons... Vous-même semblez très passionnée par l'Égypte ancienne, dit-elle en dévisageant attentivement sa compagne. Vous n'auriez pas accompli ce voyage depuis Londres pour signer quelques papiers avec un homme d'affaires, si vous n'aviez pas hérité d'une part de l'adoration qu'Harriett Styles portait à ce pays... Je ne vous laisserai pas partir sans vous montrer quelques-unes de nos découvertes!

Elle jeta un coup d'œil par-dessus son épaule, puis parut hésiter.

– Je crains que nous n'en ayons guère le temps aujourd'hui. Mais nous reviendrons une autre fois...

– Léah!

Une voix autoritaire leur parvint, au-dessus d'elles. Jennifer leva les yeux et distingua, debout sur une corniche de sable, la silhouette de Julius Crighton. Il glissa le long de la dune et les rejoignit rapidement. Il respirait par saccades, comme s'il avait longtemps couru. Qu'était-il donc arrivé? Jennifer le regarda s'éponger le front. Jamais elle ne l'avait vu ainsi; il lui parut brusquement plus accessible, plus humain. Il lui rendit son regard : sous son front plissé et ses sourcils coléreux, elle crut voir briller dans ses yeux une lueur d'inquiétude.

Ayant enfin retrouvé son souffle, il se tourna vers Mme Mortimer.

– Je me demandais où vous étiez passées. Vous n'avez pas faim? Mme Forbes nous a préparé un délicieux pique-nique. Martin nous attend avec impatience.

Léah émit un petit rire et glissa son bras sous celui du Bey.

– Voyons, Julius, je tenais à montrer le champ de fouilles à notre amie! Elle est passionnée d'archéologie, tout autant que nous. Ce serait tout de même un comble qu'elle ne puisse pas en profiter!

Crighton Bey bougonna une réponse entre ses dents, que Jennifer ne comprit pas. Léah le regarda d'un air surpris. Ses lèvres souriaient, mais pas ses yeux.

– Allons, reconnaissez qu'il y a déjà des choses intéressantes à voir en bas!

– Pas encore, répondit-il, laconique. Un jour, peut-être...

– Jennifer pourra tout de même se faire une idée de l'ampleur du trésor caché! J'aimerais lui faire visiter la salle d'audience.

– Il n'y a pas de salle d'audience dans ce genre de sépulture.

– D'après les manuscrits, certaines chambres étaient destinées à cet usage, afin que les Pharaons continuent à recevoir leurs sujets, par-delà la mort...

– Je ne suis pas sûr que les abords du tombeau soient parfaitement stabilisés, répondit Julius Crighton, le front soucieux.

– Mais si voyons! Les étayages retiennent parfaitement le sable. Ce n'est tout de même pas ce petit accident qui va nous empêcher de descendre!

– Quel accident? intervint Jennifer, qui jusque-là était restée en retrait, tout en suivant avec intérêt la conversation.

– L'an dernier, expliqua Julius, s'est produit un léger glissement de terrain. Une partie des échafaudages s'est effondrée; un ouvrier a été hospitalisé. Depuis, tout a été soigneusement étayé, il ne devrait donc plus y avoir de risque. Mais je préfère prendre des précautions...

– Toujours pessimiste, cher Julius! s'exclama Léah. J'y suis moi-même retournée plusieurs fois, je ne vois pas pourquoi Jennifer ne pourrait pas m'accompagner, ajouta-t-elle d'un ton assuré.

Crighton Bey ne répondit pas et se mit en route, signe que pour lui, le sujet était clos.

Quelques minutes plus tard ils rejoignirent Martin Allerton et pique-niquèrent à l'abri d'une éminence de rochers qui leur faisaient de l'ombre. Ils se reposèrent ensuite pendant une demi-heure, avant de retourner à la voiture.

Juste au moment de se mettre au volant, Julius glissa à l'oreille de Jennifer, qui montait à l'arrière :

– Pouvez-vous venir dans mon bureau, tout à l'heure? J'ai quelque chose d'important à vous montrer. Je pense que cela vous intéressera...

Sans doute voulait-il lui montrer quelques découvertes effectuées sur le champ de fouilles... Elle l'observa à la dérobée, dans le rétroviseur; le visage de Julius avait revêtu une expression inaccoutumée et rébarbative qui n'augurait rien de bon. Jennifer haussa les sourcils, perplexe. Ce n'était pas le regard d'un archéologue désireux de faire admirer ses dernières trouvailles...

En sortant de la voiture, elle eut le temps de lui dire à voix basse :

– Je vais me reposer un peu dans ma chambre. Je viendrai dans une heure.

Julius Crighton gardait un visage fermé, presque hostile et la jeune fille parvint difficilement à cacher son désarroi. Pourquoi cette attitude froide et réservée, si différente de la veille?

Soudain, il lui prit la main et la pressa fortement, comme s'il avait deviné son trouble.

– Je compte sur vous. A tout à l'heure.

7

Plus tard, Jennifer se rendit compte qu'elle aurait dû deviner tout de suite ce qui l'attendait. Les paroles étranges de Julius auraient dû lui mettre la puce à l'oreille...

A 4 heures, elle frappa à la porte de son bureau. C'était une pièce spacieuse éclairée par une porte-fenêtre qui donnait sur une cour fleurie. Deux murs étaient couverts de rayonnages garnis de livres, du sol au plafond. Le Bey fumait une cigarette, assis à son bureau. Il sourit à sa visiteuse, se leva et ouvrit un coffre-fort encastré dans le mur, masqué par le feuillage d'un magnifique papyrus. Il saisit un objet enveloppé dans un tissu et le tendit à Jennifer.

– Attention de ne pas la laisser tomber...

La jeune fille écarta délicatement les pans du tissu et découvrit, éblouie... une statuette en or massif.

– C'est elle, n'est-ce pas... la déesse de l'amour, murmura-t-elle, le souffle coupé.

Julius hocha la tête en silence. Jennifer caressa doucement la statuette du bout des doigts. Elle avait rarement vu un objet aussi ravissant, avec des lignes aussi fluides. Il brillait comme s'il était sorti des mains de son créateur quelques heures plus tôt. Comment ne pas admirer ses courbes pures et son extraordinaire simplicité? Mais malgré tout, elle se demandait pourquoi cette statuette était l'objet d'une telle convoitise...

– Elle est très belle, dit-elle enfin, vraiment très belle...

Crighton Bey ébaucha un curieux sourire. Manifestement le manque d'enthousiasme de la jeune fille l'intriguait.

– Vous n'avez rien à ajouter?

– Non... Que puis-je dire de plus?

– Vous pourriez par exemple me demander comment elle est arrivée jusqu'ici et ce que nous allons en faire...

– Eh bien, que me proposez-vous? Et pourquoi se trouve-t-elle en votre possession, alors que tout le monde la croyait volée?

– Votre tante me l'avait confiée, pour plus de sûreté. Je ne suis pas entré chez vous pour me l'approprier, mais pour établir une sorte de contact entre nous. J'ai fait volontairement du bruit, pour attirer votre attention. Je me doutais que vous ne tarderiez pas à descendre l'escalier... Ainsi j'avais la possibilité de vous rencontrer dès votre arrivée au Caire, comme je l'avais promis à votre tante.

Jennifer fronça les sourcils.

– Il ne vous est donc jamais venu à l'esprit qu'il y avait une manière plus simple de faire connaissance? En sonnant à la porte? remarqua-t-elle avec une pointe d'agressivité.

Le sourire du Bey s'accentua.

– Évidemment, j'y avais pensé. Toutefois... J'avais une bonne raison de ne pas agir ainsi. J'espérais que la nouvelle du cambriolage parviendrait aux oreilles de certaines personnes malintentionnées, et par là les forcer à mettre leurs plans en action. Ma théorie n'était pas tout à fait fausse, comme la suite l'a prouvé. Quelques jours plus tard, vous avez reçu une invitation... Vous vous souvenez de la soirée chez Léah Mortimer?

– Bien sûr! Ai-je eu tort d'y aller? se rebiffa-t-elle. Comment aurais-je pu deviner que tous les amis n'étaient pas aussi sincères qu'ils le prétendaient?

Elle marqua une pause.

– Croyez-vous que Léah soit réellement intéressée par cet objet?

– Elle l'était, et l'est toujours.

– Elle m'aurait donc invitée pour s'assurer de mon absence ce soir-là à la villa et envoyer quelqu'un chercher la statuette?

– Précisément. Mais le ou les voleurs n'ont rien trouvé! Pas même la malle...

Jennifer retint sa respiration.

– Vous insinuez donc qu'elle veut se l'approprier illégalement?

– Elle est prête à tout, c'est certain, mais elle n'est pas la seule! Beaucoup de gens vous l'auraient dérobée, si vous aviez refusé de la leur vendre. Je suppose que Léah vous en a proposé une somme fabuleuse?

– Pas exactement. Elle a offert de racheter toute

la villa; c'était sans doute un moyen détourné de se procurer la statuette.

– C'était la méthode la moins risquée en effet, mais aussi la plus coûteuse. Léah est très riche, vous savez... Pour elle, posséder la déesse de l'amour est plus qu'un caprice, c'est une nécessité! Elle mettra tout en œuvre pour l'obtenir, de même que le contenu du tombeau qu'elle vous a montré ce matin.

Jennifer réfléchit.

– Elle a peut-être l'intention de revendre la statuette dans le but de réunir de l'argent pour poursuivre les fouilles?

– Non. En aucun cas, l'argent ne serait suffisant pour couvrir les frais du chantier. Léah veut la statuette pour elle seule. Ce serait un triomphe personnel! La moitié des collectionneurs du monde entier se damneraient pour la posséder!

Jennifer parvenait mal à cacher sa perplexité.

– Je vois... Mais comment puis-je être certaine que vous me dites bien la vérité? Que vous n'êtes pas poussé par les mêmes motifs que Léah Mortimer?

Elle rougit, mal à l'aise, sous l'acuité de son regard.

– Continuez...

– Je sais que je devrais vous croire, puisque ma tante avait confiance en vous...

Elle secoua la tête avec véhémence.

– Je... Je ne sais plus que penser! Tout ceci est si compliqué...

En deux enjambées, il fut près d'elle, lui reprit la statuette des mains et la posa sur son bureau. Puis du bout de l'index, il lui souleva le menton.

– Jennifer... Il faut me faire confiance, vous m'entendez?

Elle se mordilla la lèvre, troublée.

– Ce n'est pas cela... Je...

– Vous me cachez quelque chose; quelque chose qui n'a rien à voir avec cette statuette.

Sa voix se fit veloutée.

– Que se passe-t-il, Jenny?

Elle leva vers lui ses grands yeux bleus, mi-étonnés, mi-effrayés. Alors Julius l'attira doucement contre lui. Comment lui avouer que dans ses bras elle s'était sentie merveilleusement heureuse, apaisée, et que ses baisers ardents la brûlaient encore? Elle était irrésistiblement attirée par ces prunelles noires et mystérieuses qui brillaient d'un éclat magnétique. Elle lui jeta un regard implorant... Miraculeusement, les yeux noirs s'adoucirent et un sourire plein de tendresse et de complicité releva le coin de ses lèvres.

Il se pencha vers elle, effleura ses boucles rousses, son front, son nez, ses joues et murmura :

– Il faut me croire, Jennifer. Encore un peu de patience et alors tout deviendra clair pour vous.

– Que voulez-vous dire?

Soudain, on frappa à la porte et la voix de Léah Mortimer, gaie et provocante, se fit entendre dans le couloir.

– Julius? Puis-je entrer?

Une fraction de seconde, le Bey resta interdit, puis, vif comme l'éclair s'empara de la statuette, la rangea dans le coffre qu'il ferma soigneusement et remit le papyrus à sa place. Ensuite, d'une démarche dégagée, il marcha jusqu'à la porte et fit jouer la clé dans la serrure, au grand étonnement de Jennifer, qui n'avait pas remarqué qu'il avait fermé la porte à double tour.

La jolie veuve se tenait sur le seuil, la tête penchée sur le côté, visiblement très intriguée.

– Depuis quand vous enfermez-vous, cher ami?

Elle aperçut alors Jennifer; son regard alla de l'un à l'autre et ses yeux noirs se mirent à briller.

– Tiens, tiens! s'exclama-t-elle, feignant une joyeuse indifférence, vous deviez avoir de gros secrets à partager... J'espère que je ne vous importune pas?

– Pas le moins du monde, répondit son hôte, très poli.

– En êtes-vous bien sûr?

Mme Mortimer jeta un coup d'œil rapide et soupçonneux autour de la pièce, tout en fronçant ses fins sourcils.

– Je peux revenir plus tard, si vous le désirez.

– Vous ne nous dérangez absolument pas, leur assura Creighton Bey.

Le regard perçant de Léah Mortimer se posa sur Jennifer, qui ressentit un picotement extrêmement désagréable le long de la colonne vertébrale. Malgré elle, elle se sentit rougir et prit une expression confuse et coupable.

– Très bien, puisque vous êtes absolument sûrs que je ne vous gêne pas, je reste!

Elle passa devant Jennifer et s'arrêta en face de la bibliothèque garnie de livres anciens.

– Y a-t-il comme dans les films un panneau qui pivote sur lui-même, révélant au héros la fameuse cachette? dit-elle en riant. Oh Julius, comme je vous envie d'avoir une si belle maison... C'est un véritable paradis!

Jennifer l'avait rarement vue aussi détendue et amicale. Léah fit le tour de la pièce, le sourire aux lèvres.

– Julius, j'ai une idée : pourquoi interrompre si tôt ce charmant week-end, alors qu'aucun d'entre nous ne paraît particulièrement pressé? M. Allerton m'a assuré qu'il était libre comme l'air; personnellement, je n'ai aucun rendez-vous cette semaine. Le Caire est une ville bruyante et sale; ici, tout n'est que calme et beauté... J'adorerais rester encore un peu, si vous n'y voyez pas d'inconvénients...

Sa voix avait pris une intonation de velours.

– Entre nous, je suis sûre que vous parviendrez à persuader Jennifer de demeurer parmi nous. Je connais dans la région plusieurs excursions très intéressantes. Notre chère Harriett Styles serait ravie de voir sa petite-nièce découvrir ce beau pays. Qu'en pensez-vous, Jennifer? ajouta-t-elle en se tournant vers la jeune fille.

– Eh bien, je ne sais trop...

– Je vous en prie, ne vous faites pas désirer!

Jennifer jeta un rapide coup d'œil en direction du Bey, pour quêter son approbation. Ce dernier sourit.

– Bien entendu, je vous invite tous à rester. Vous m'en voyez d'ailleurs enchanté. Cette maison est bien triste sans le rire de mes invités!

– Vous voyez! s'exclama Léah. J'avais raison. Le seigneur de Dar El Pacé nous accueille en sa demeure!

Encore une fois, Jennifer interrogea Julius Crighton du regard. Elle lut dans ses yeux qu'elle était obligée d'accepter l'invitation. Mais pourquoi tenait-il tant à garder chez lui Mme Mortimer, alors que la statuette tant convoitée reposait à quelques mètres d'elle? Elle n'entrevit qu'une seule explication... Une sensation oppressante lui étreignit la poitrine. La jalousie?

– Je resterai volontiers, murmura-t-elle en regardant la pointe de ses chaussures.

Tout change si vite... On l'avait amenée ici de force et aujourd'hui, elle éprouvait un réel plaisir à l'idée de passer quelques jours supplémentaires à Dar El Pacé... Et pour être honnête, elle n'avait envie de retourner ni au Caire, ni à Londres. Quitter ce lieu enchanteur lui serrait le cœur. Ne plus voir Julius... Non, c'était impossible. Et pourtant, son hôte se montrait toujours aussi mystérieux et peu loquace; et il conservait sa statuette à l'abri de son coffre-fort. Avait-il l'intention de la lui restituer un jour? Rien n'était moins sûr... Mais au fond, cela lui était un peu égal, tandis que quitter Dar El Pacé...

La fin de la journée s'écoula sans qu'il désire lui parler en privé; en fait, il lui sembla même qu'il cherchait à l'éviter. Sans réellement l'écarter, il paraissait heureux de l'abandonner à la compagnie de Martin Allerton. Malheureusement, celui-ci était bien moins empressé qu'auparavant à s'acquitter de cette tâche, depuis que la jeune veuve avait conquis son cœur.

Il était incapable de parler d'autre chose que de l'exceptionnelle beauté de Mme Mortimer, qui, de son côté, accordait toutes ses faveurs à leur hôte. C'est à elle que le Bey proposa d'aller se promener le soir après dîner. Lorsqu'ils revinrent au bout d'une heure, Léah arborait un sourire ravi et satisfait et s'accrochait à son bras de manière très possessive...

Le lendemain, ils repartirent en excursion dans le désert et visitèrent deux temples romains et un nouveau champ de fouilles. Léah expliqua à Jennifer que de nombreuses sépultures restaient à exhumer dans la région; à chaque fois qu'elle prononçait le mot « trésor », ses yeux brillaient de convoitise. Jennifer était à présent convaincue que l'argent obsédait Mme Mortimer jusqu'à la folie.

Ils roulèrent jusqu'à Louxor et déjeunèrent au Grand-Palace. Les deux femmes allèrent ensuite chiner dans un magasin d'artisanat où étaient exposés de petites boîtes de cèdre ou de santal incrustées d'ivoire et de nacre, des sacoches de cuir travaillé et d'amples robes en cotonnade. Léah aida Jennifer à choisir des cadeaux pour ses amies, agates montées en bague et colliers de cornaline. Elle insista ensuite pour lui offrir un bracelet en argent orné de turquoises et une paire de boucles d'oreilles assorties.

– Je serais mortellement vexée si vous refusiez, la menaça-t-elle en riant.

– Mais nous nous connaissons à peine, protesta la jeune fille, vous n'avez aucune raison de me faire des cadeaux!

Mme Mortimer lui tapota le bras avec affection.

– Vous êtes terriblement indépendante, n'est-ce pas? la taquina-t-elle, comme si elle trouvait cet état d'esprit typiquement britannique très amusant. Ce n'est un secret pour personne, j'ai beaucoup d'argent et j'aime le dépenser pour satisfaire mes amis. Tiens, que diriez-vous de dormir ce soir à Louxor? Nous pourrions dîner et ensuite aller danser dans un cabaret. Depuis votre arrivée, vous êtes plongée dans l'histoire ancienne. Il faut aussi découvrir les aspects de la vie moderne en Égypte! D'autre part, j'ai grand besoin d'aller chez le coiffeur et celui de l'hôtel est extraordinaire!

Elle coula un regard admiratif sur la chevelure rousse et bouclée de Jennifer.

– Quelle chance d'avoir d'aussi beaux cheveux... Il y a également un excellent masseur à l'hôtel. Mais je crois que votre silhouette n'a pas à être remodelée. Vous êtes si jeune... Vous savez, j'ai très peur de vieillir... Alors, êtes-vous d'accord avec mon programme?

Jennifer éleva quelques objections, alléguant qu'elle ne pouvait se permettre de telles dépenses – une nuit à l'hôtel, le dîner, le dancing – et que bien entendu elle ne pouvait accepter que le Bey prenne ses frais en charge.

Léah Mortimer se mit à rire.

– Vous et vos soucis d'argent! Heureusement, cette chère Harriett vous a laissé un tel héritage. Bientôt, vous mènerez grand train! Je frémis en pensant à votre triste existence londonienne, sans soirées, sans sorties! Cette nuit, n'ayez crainte, vous êtes tous mes invités.

Aussitôt, elle envoya le chauffeur à Dar El Pacé lui chercher quelques vêtements. Jennifer écrivit un petit mot à Mme Forbes afin qu'elle lui prépare sa robe noire et des affaires de toilette dont elle avait besoin pour la nuit.

Lorsque Julius Crighton fut informé de la décision de Léah, il se contenta de sourire, comme s'il était habitué aux folies de sa compagne, sans opposer la moindre objection. Quant à Martin Allerton, il était ravi!

Ils dînèrent dans le grand restaurant de l'hôtel puis partirent danser dans un cabaret à la mode. Léah Mortimer, éblouissante dans une robe de lamé, attirait vers elle tous les regards. La tête renversée en arrière, les yeux mi-clos, elle tournoyait, sûre de son charme et de sa séduction, dans les bras de ses deux chevaliers servants. Jennifer, pourtant délicieuse dans sa robe noire, avait l'impression de ressembler à Cendrillon! Martin l'invita une fois à danser un slow, puis repartit tout guilleret vers l'élue de son cœur...

Au bout d'une demi-heure, elle vit s'approcher Julius Crighton, qui la félicita pour sa jolie robe et déclara qu'elle était décidément « très, très anglaise »; ce qui dans sa bouche sonnait comme un compliment. C'était un merveilleux cavalier, qui la faisait virevolter avec adresse ou la guidait avec douceur pendant les slows. Elle serait volontiers restée toute la soirée dans ses bras magiques; malheureusement il l'abandonna rapidement pour aller rejoindre Léah Mortimer à sa table, et les jeunes gens qui l'invitèrent ensuite à danser lui parurent de bien piètres partenaires...

De temps en temps, Jennifer jetait un coup d'œil en direction de la table où étaient assis Julius et sa compagne. Ils paraissaient plongés dans une conversation très sérieuse.

Martin vint rejoindre la jeune fille, de mauvaise humeur; il boudait, car de toute évidence, la belle Léah lui préférait Crighton Bey. C'est à peine s'il daignait répondre aux questions que lui posait Jennifer. Cette dernière aurait pu lui faire remarquer qu'elle aussi était négligée par son hôte, mais elle se retint. Elle avait décidé de s'amuser et d'oublier, le temps d'une soirée, la statuette et Léah Mortimer, d'effacer aussi le souvenir des baisers de Julius et de la caresse de ses doigts sur son visage. Ce soir, il n'avait pas de temps à lui consacrer... Mais son instinct avertissait Jennifer que le Bey n'était pas complètement subjugué par les charmes de la belle Égyptienne...

A minuit, chaque tablée commanda une bouteille de champagne. Dans tout le cabaret, les bouchons sautaient joyeusement et le liquide pétillant coulait à flot. Jennifer se sentit soudain très fatiguée. Elle ne parvenait plus à suivre la conversation et pria ses amis de bien vouloir l'excuser, mais qu'elle préférait rentrer à l'hôtel.

Léah Mortimer leva la tête et se mit à rire.

– Déjà? Mais nous venons à peine d'arriver!

– Tout le monde n'a pas comme vous l'habitude de la vie nocturne, remarqua Julius en repoussant sa chaise. Venez, Jennifer, je vais vous raccompagner.

Arrivé au Grand Palace, il la suivit jusqu'à l'ascenseur et, juste avant que les portes ne se referment, il lui prit la main et la porta à ses lèvres.

– Faites de beaux rêves, Jenny, dit-il en plongeant son regard sombre dans le sien. Demain, nous rentrerons à Dar El Pacé...

Mais le lendemain matin, en sortant de sa chambre après avoir pris un somptueux petit déjeuner sur son balcon, elle se trouva face à face avec Léah Mortimer dans le couloir. Les yeux cernés de cette dernière étaient la preuve qu'elle avait dû se coucher bien tard ou ne pas se coucher du tout!

– Bonjour Jennifer! s'exclama-t-elle avec un grand sourire. J'ai peur que vous ne soyez obligée de supporter aujourd'hui mon affreuse compagnie, car Julius et Martin sont déjà partis dans une direction inconnue. Ils m'ont laissé un message m'indiquant qu'ils ne reviendraient pas avant ce soir. Nous passerons encore une nuit à l'hôtel et ne rentrerons à Dar El Pacé que demain. Qu'aimeriez-vous faire avant le retour de nos compagnons respectifs?

Jennifer n'apprécia guère l'allusion. Léah Mortimer l'associait d'autorité à Martin, tandis qu'elle-même s'appropriait Julius Crighton...

Toutefois, l'attitude de la jeune veuve était tout à fait amicale et Jennifer répondit sur le même ton qu'elle la laissait entièrement libre de décider du déroulement de leur journée.

– A vrai dire, je me doutais un peu de votre réponse! Aussi ai-je déjà ma petite idée! Venez...

Elle glissa son bras sous celui de Jennifer. Une limousine noire les attendait devant la porte de l'hôtel. La jeune fille reconnut le chauffeur de Léah.

– Je vous emmène sur le site que nous avons visité l'autre jour. Je suis certaine que vous mourez d'envie de voir ce que nous avons découvert il y a deux ans. Je sais que Julius n'aime pas me voir aller là-bas. Quelquefois, ses réactions m'étonnent! Lui si courageux, si sûr de lui... C'est bizarre.

Elle poussa un soupir de satisfaction.

– Par chance, il n'est pas là aujourd'hui pour nous gâcher la visite! Vous verrez, vous ne regretterez pas de m'avoir suivie!

Jennifer hésita, sachant que le Bey n'aimerait pas la savoir seule avec Léah sur ce chantier de fouilles. Elle se souvint de son visage furibond lorsqu'ils les avait retrouvées... Mais la tentation était la plus forte; elle monta dans la limousine qui quitta bientôt Louxor pour prendre la route du désert.

Mme Mortimer l'observait en souriant.

– Voyons, Jennifer, vous n'allez tout de même pas

laisser Julius Crighton dicter vos faits et gestes, déclara-t-elle comme si elle venait de lire dans ses pensées. N'oubliez pas qu'ici, aux yeux des hommes, les femmes sont des créatures faibles et fragiles, destinées à vivre cloîtrées dans leur maison! Bien sûr, s'il m'entendait il nierait avoir de telles idées! Lorsqu'il se mariera, son épouse sera libre, mais peut-être pas autant qu'elle le désirera.

– Vous croyez?

– J'en suis persuadée. Vous, vous venez d'un pays où les femmes ont les mêmes droits que leurs maris. Et les hommes sont bien contents d'être libérés de certaines responsabilités contraignantes... Mais je parle, je parle... Je ne devrais pas me faire du souci pour vous! Vous n'épouserez jamais un homme qui ressemble à Julius.

– Et vous? interrogea Jennifer avec calme, bien qu'elle sentît les battements de son cœur s'accélérer.

Léah ébaucha un sourire modeste et ravi.

– Vous avez deviné, n'est-ce pas? Julius et moi nous connaissons depuis si longtemps... je l'aurais probablement épousé il y a quelques années, si ma famille ne m'avait pas mariée de force à un riche industriel. J'aurais dû refuser et m'enfuir à l'étranger, mais à dix-sept ans, c'est difficile. Le pauvre homme est mort, il y a trois ans, paix à son âme. Moi, je suis bien vivante, et libre! N'est-ce pas merveilleux? Je peux vous mettre dans la confidence : nous avons de sérieux projets, Julius et moi. Vous ne trouvez pas que nous formons un très beau couple?

Elle tourna vers Jennifer un visage radieux.

– Vous pouvez me féliciter!

La jeune fille, encore sous le choc, ne put articuler un son.

– Ne le dites à personne, supplia Léah. Julius l'annoncera lui-même, le moment venu. La nouvelle des fiançailles paraîtra dans les journaux. Nous donnerons une magnifique soirée; vous serez mon invitée d'honneur!

Jennifer ressentit une vive douleur au creux de l'estomac. Elle crut qu'elle allait s'évanouir et ferma les yeux. Le monde autour d'elle venait de s'écrouler.

– Jennifer?

La main baguée de Léah Mortimer se posa sur la sienne.

– Si vous avez trop chaud, je peux baisser la vitre... Quel plaisir d'annoncer un grand secret à une amie! Mais surtout pas un mot! Julius est très à cheval sur les principes.

– Bien... bien sûr, articula Jennifer, hébétée.

Elle se rendit à peine compte que la limousine s'était arrêtée. Le chauffeur lui ouvrit la portière et lui tint la main pour l'empêcher de trébucher sur les cailloux du chemin. Elle remarqua qu'ils descendaient une volée de marches taillées dans la pierre.

– Mettez vos lunettes de soleil, lui conseilla Mme Mortimer. A cette heure-ci, la réverbération sur le sable est très dangereuse.

A cause de ses lunettes, elle ne s'aperçut pas tout

de suite qu'ils s'enfonçaient dans la pénombre. En bas des escaliers, ils débouchèrent sur une longue galerie. Jennifer remarqua l'étayage de la voûte, qui empêchait le sol mouvant de s'effondrer. L'atmosphère était glaciale et il régnait une odeur désagréable, presque fétide. Elle ressentit exactement la même sensation d'angoisse qui s'était emparée d'elle dans le tombeau d'Akhenaton. Le chauffeur la soutenait toujours par le bras. Sous leurs pieds, la terre était humide.

Un rai de lumière les éclairait faiblement. Ils se trouvaient devant une sorte de puits circulaire enjambé par un pont de planches. Le chauffeur lui lâcha le bras.

– Faites attention, lui souffla Léah à l'oreille. Voilà le passage le plus délicat, mais ensuite il n'y a plus de difficultés. La première chambre n'est plus qu'à une dizaine de mètres.

Jennifer se raidit et recula d'un pas.

– Je n'ai pas tellement envie de continuer, chuchota-t-elle.

– Ne dites pas de bêtises! Pensez à votre grand-tante. Rien ne l'aurait empêchée de traverser ce pont. Vous devez lui faire honneur!

Jennifer prit une brusque résolution. Non, elle n'irait pas plus loin! Au moment où elle ôtait ses lunettes, elle sentit quelque chose la heurter dans le dos, le sol se déroba sous ses pieds. Elle perdit l'équilibre, glissa le long de la paroi rocheuse et atterrit au fond du puits dans une sorte de boue visqueuse qui heureusement avait amorti le choc.

Elle resta quelques secondes engourdie, puis releva la tête. Léah Mortimer, debout à quelques mètres au-dessus d'elle la regardait en souriant.

Mais ce sourire était glacial.

– La seule chose qui vous reste à faire, ma chère, est de me dire où est cachée la statuette. Si vous vous montrez coopérative, nous descendrons vous chercher. Sinon... vous attendrez qu'une bonne âme vienne vous secourir. Généralement, il ne passe pas grand-monde par ici...

Jennifer faillit se mettre à pleurer. C'était trop stupide. Elle aurait dû écouter Julius...

– Vous êtes folle! s'écria-t-elle dans un sursaut de courage. Comment expliquerez-vous ma disparition?

– Révélez-moi gentiment où se trouve la statuette, et tout ceci restera entre nous...

– Vous ne le saurez jamais, chère amie, fit une voix forte, derrière elle.

Le visage de Léah Mortimer refléta une stupéfaction incrédule. Elle ouvrit la bouche pour parler, mais ne proféra pas un son.

Derrière elle se tenait Julius Crighton, pressant dans sa main un objet métallique noir et brillant. Deux policiers l'escortaient, qui maîtrisèrent aussitôt la jeune femme et son complice.

– Mais... comment saviez-vous? balbutia-t-elle.

– Depuis longtemps, je me doutais que vous tramiez quelque chose... Je vous ai laissé agir, pour voir jusqu'où vous oseriez aller pour vous approprier la statuette. Mais votre plan diabolique a échoué. Adieu, Léah.

8

Jennifer sentit quelque chose d'acide et de piquant lui brûler les lèvres et elle se rendit compte qu'on la faisait boire au goulot d'une flasque d'alcool. Julius était agenouillé dans la boue, à ses côtés et la soutenait par les épaules. Sa voix n'était qu'une caresse.

– Tout est fini à présent. Vous n'avez plus rien à craindre... Je vous promets que vous n'avez jamais risqué un réel danger. Vous n'imaginez tout de même pas que je vous aurais laissé seule toute la journée dans les griffes de Léah!

Jennifer le regarda avec stupéfaction.

– Mais... je croyais que vous l'aimiez! que vous alliez vous marier!

Il sourit. Dans la pénombre, elle vit briller ses dents blanches.

– Dites plutôt qu'elle vous a persuadée que je l'aimais. Peut-être, il y a quelques années, ai-je eu pour elle un certain penchant...

Il remit la flasque d'alcool dans sa poche et plaça ses bras autour d'elle pour l'aider à se relever.

Jennifer, un peu vacillante, se réfugia contre sa poitrine. Il l'embrassa sur le front, avec une ferveur mêlée de respect.

– Je vous dois des excuses, Jennifer. J'aurais aimé trouver un moyen moins risqué de prouver la culpabilité de Léah, mais c'était là la seule solution. Son insistance à vouloir à tout prix vous faire visiter ce tombeau était suspecte. L'autre jour, lorsque je vous ai retrouvée ici avec elle, j'ai compris ce qu'elle avait en tête. Mais il fallait la démasquer. Voilà pourquoi je ne vous ai pas prévenue.

Jennifer frissonna.

– Vous... vous croyez qu'elle m'aurait laissée mourir ici?

– Elle était prête à tout pour obtenir cette statuette. Ce matin, j'ai fait semblant de quitter l'hôtel. Quand j'ai vu la limousine démarrer, j'ai prévenu la police et nous vous avons suivies de loin.

Jennifer redressa la tête et le regarda. Elle était encore sous le coup de la commotion et malgré le rayon de soleil qui la réchauffait, elle grelottait. Son corps était secoué de tremblements nerveux. Elle revoyait au ralenti sa chute dans la boue. Sans très bien comprendre ce qu'elle faisait, elle s'accrocha à Julius et se serra contre lui.

– C'était horrible, murmura-t-elle. J'ai cru que j'allais mourir, dans ce tombeau!

Les traits de Julius se crispèrent, puis il se radoucit et effleura ses boucles rousses avec ses lèvres.

– C'est fini maintenant, n'y pensez plus.

– Ce regard qu'elle m'a lancé... Il était chargé d'une telle haine!

Julius ressortit la flasque de sa poche et la dévissa.

– Tenez, buvez encore un peu. Cela vous fera du bien.

L'alcool la réchauffa en effet. Peu à peu son angoisse s'estompa. Une chose cependant la troublait encore : Léah avait vraiment l'air très sûre d'elle, lorsqu'elle lui avait annoncé son prochain mariage avec le Bey...

Elle savait bien cacher ses sentiments. Depuis le début, elle avait pris la jeune fille en grippe, car elle avait deviné en elle une dangereuse rivale. Et c'était autant pour se venger que pour obtenir la statuette qu'elle avait tramé cet odieux complot.

– Jennifer chérie...

Elle crut rêver. L'avait-il réellement appelée « chérie »?

– J'aimerais partir d'ici, murmura-t-elle.

Julius héla les policiers, qui leur lancèrent une échelle de corde. Au moment de l'aider à monter, il se pencha en avant et l'embrassa avec fougue. Elle leva les yeux vers lui, ravie et étonnée.

– C'était pour vous redonner confiance en vous, dit-il en la soulevant dans ses bras pour l'aider à s'agripper à la corde.

Arrivé en haut du puits, il la reprit dans ses bras. Jennifer, folle de bonheur, se laissa aller contre lui. La chaleur de son contact la rassura et une merveilleuse sensation de bien-être l'envahit. Elle sourit intérieurement. Julius l'avait sauvée... Elle était presque prête à se jeter de nouveau dans le puits pour qu'il lui répète des mots aussi tendres!

Julius surprit la lueur de joie qui brillait dans ses yeux. Il sourit et lui caressa la joue.

– Tout est bien qui finit bien...

Elle enfouit son visage contre sa poitrine et noua ses bras autour de son cou.

– Julius, la vie est extraordinaire! Il y a cinq minutes à peine, j'étais encore terrifiée et maintenant tout me paraît merveilleux. J'ai l'impression de rêver éveillée!

– Jenny... je vous aime. Je suis tombé amoureux de vous, dès l'instant où je vous ai vue, au pied du Sphinx, éclairée par la lune. Comment ai-je pu me retenir si longtemps de vous couvrir de baisers... Vous sembliez toujours flotter sur un nuage. J'avais peur de vous ramener trop brutalement à la réalité. Lorsque je vous ai rencontrée en compagnie de Martin Allerton, j'étais furieux! La jalousie me rongeait, car lui, il avait l'occasion de vous voir tous les jours, de vous toucher, de vous parler...

– Et pourtant, vous l'avez invité chez vous? Je ne comprends pas...

– J'avais deux bonnes raisons : premièrement, j'espérais que vous accepteriez de meilleure grâce de rester à Dar El Pacé, s'il était là. Je supposais que vous étiez amoureuse de lui... Et d'autre part, je souhaitais secrètement qu'il s'intéresse à Léah. Elle exerce une véritable fascination sur les jeunes gens.

– Vous ne vous étiez pas trompé! A propos, que va-t-elle devenir?

– Les policiers l'ont arrêtée, mais je pense qu'il

vaudrait mieux ne pas porter plainte contre elle. Elle va certainement quitter l'Égypte pour quelques années. D'après Martin, elle avait prévu d'aller à New York ouvrir une galerie d'art... pour exposer la statuette!

Jennifer haussa soudain les épaules.

– Donnez-la lui, dit-elle fermement. Je me moque de cette statuette. Elle m'a causé trop d'ennuis.

Julius parut extrêmement surpris.

– Elle nous a permis de nous rencontrer, souvenez-vous! Vous pouvez la vendre, si vous le désirez, mais à votre place, je la garderais. C'est tout de même la déesse de l'amour!

Jennifer rougit délicieusement.

– Ma chérie, lorsque nous serons mariés – car je suppose que cette idée ne vous déplaît pas – nous la mettrons dans une petite niche dans notre maison; ainsi, elle veillera sur notre bonheur.

– Je n'ai jamais vu votre villa au Caire...

– Vous la connaîtrez bientôt. Tenez, je vous y emmène tout de suite. Mme Forbes viendra avec nous. Elle m'a dit beaucoup de bien de vous. Quand je lui ai avoué que j'avais l'intention de vous épouser, elle était aux anges!

– Vous... vous le lui avez déjà annoncé?

– Depuis le jour où elle m'a surpris en train de voler de la confiture dans l'armoire de la cuisine, je me garde bien de lui mentir! Elle maniait le martinet avec une habileté diabolique! Mais j'ai beaucoup d'affection pour elle.

– Moi aussi.

– Affection est un mot qui manque d'ardeur à mon goût, nota-t-il en la serrant avec effusion contre son cœur. Jennifer, je veux vous entendre dire que vous m'aimez. L'autre nuit, au village, j'attendais ces mots en tremblant. Vous étiez si distante, je n'ai pas osé me déclarer. Mais aujourd'hui, tout est différent.

Elle enfouit son visage dans l'échancrure de sa chemise et murmura tout bas :

– Je vous aime, Julius. Je... je croyais que vous étiez amoureux de Léah.

– Vous voyez, vous vous trompez toujours! Vous me faites penser à votre grand-tante. Quelle femme merveilleuse... Un jour, elle m'a avoué qu'elle ne se s'était jamais mariée, car elle n'avait jamais osé dire « je vous aime » à l'homme de sa vie!

– Les temps ont changé! Moi, je vous le répéterai chaque jour de mon existence...

Pour toute réponse, il prit possession de ses lèvres avec une ardeur passionnée...

Ils sortirent au grand soleil, main dans la main. Les policiers étaient partis. Il régnait un merveilleux silence. Le jeune Pharaon pouvait dormir en paix. Le désert ressemblait à un océan doré...

Jennifer mit sa main devant ses yeux : non, elle ne rêvait pas! Le fidèle Kalim était là, dans son uniforme rouge, au volant de la vieille Daimler.

– J'ai pensé que cela vous ferait plaisir, chuchota le Bey. Nous l'avons fait venir du Caire par convoi spécial. La pauvre voiture n'aurait pas supporté le voyage!

– Je ne regrette qu'une chose, murmura Jennifer, que ma chère tante ne soit pas là pour assister à notre mariage!

– Ma reine aux boucles rousses, il y a une chose que je voulais encore vous dire : vous ressemblez à la déesse de l'amour...

Achevé d'imprimer 7 mai 1984
sur les presses de la Société Nouvelle Firmin-Didot
Mesnil-sur-l'Estrée

N° d'imprimeur : 0516
N° d'éditeur : 216
Dépôt légal : Juin 1984

Imprimé en France